双葉文庫

はぐれ長屋の用心棒

神隠し

鳥羽亮

目次

この作品は双葉文庫のために書き下ろされました。

神隠し　はぐれ長屋の用心棒

第一章　人攫《ひとさら》い

一

「旨《うめ》え、こんな旨え酒は、久し振りだ」

孫六《まごろく》が目を細めて言った。

孫六は還暦を過ぎた老齢だった。小柄で浅黒い肌をし、丸い目で小鼻が張っている。その狸《たぬき》のような顔が赭黒《あかぐろ》く染まり、手にした猪口《ちょく》が揺れていた。孫六は酒に目がなく、飲み始めるとやめられないのだ。

「孫六、ほどほどにしとけよ」

華町源九郎《はなまちげんくろう》が、銚子を手にしたまま言った。源九郎たちが酒を飲み始めて一刻（二時間）ほど経つ。孫六はだいぶ酔っていた。

源九郎の脇に、菅井紋太夫《すがいもんだゆう》が仏頂面《ぶっちょうづら》をして猪口を手にしていた。

源九郎は菅井の猪口に酒をついでやりながら、

「どうだ、今日の稼ぎは」

と、小声で訊《き》いた。

「そこそこだ」

菅井は、五十過ぎだった。痩身で、総髪が肩まで伸びている。頬が肉を抉《えぐ》りとったようにこけ、細い目をしていた。酒気を帯びて赤みを帯びた顔は、般若《はんにゃ》のようだった。

菅井は生まれながらの牢人で、ふだん両国広小路《ひろこうじ》で居合い抜きを観せていた。集まった客から銭を貰《もら》う大道芸である。ただ、菅井の遣う居合は本物だった。田《た》宮流《みやりゅう》居合の達人だったのだ。

源九郎、孫六、菅井の三人がいるのは、本所松坂町《まつざかちょう》にある亀楽《きらく》という縄暖簾《なわのれん》を出した飲み屋だった。土間に置かれた飯台を前にして飲んでいたのである。

源九郎たち三人は、松坂町の隣町の本所相生町《あいおいちょう》にある伝兵衛店《でんべえだな》という棟割り長屋に住んでいた。隣町といっても伝兵衛店から亀楽は近く、酒も安かったので、源九郎たちは亀楽を馴染《なじ》みにしていたのだ。

源九郎も還暦にちかい老齢だった。伝兵衛店で独り暮らしをしていた。鬢《びん》や髷《まげ》には、白髪が目立った。丸顔ですこし垂れ目、茫洋《ぼうよう》としたしまりのない顔付きである。

源九郎の生業《なりわい》は傘張りだった。今日、張り終えた傘を丸徳《まるとく》という傘屋にもっていって、わずかだが銭を得た。それで、亀楽に顔を出すと、同じ長屋に住む菅井と孫六が飲んでいたのである。

「旨そうな匂いだな」

孫六が鼻を突き出すようにして言ったとき、下駄《げた》の音がし、おしずが皿を手にしてやってきた。

おしずは、通いで亀楽に手伝いにきていた。源九郎たちとは顔馴染みである。

「鰈《かれい》ですよ」

おしずの手にした皿に、鰈の煮付けが載っていた。飴色《あめいろ》に煮付けられた鰈から湯気がたち、旨そうな匂いがした。

おしずは、四十がらみだった。平太《へいた》という倅とふたりで、源九郎たちと同じ伝兵衛店に住んでいる。平太はふだん鳶《とび》をしていたが、源九郎たちの仲間で亀楽に顔を出すこともあった。

「旦那さんが、みなさんで食べてくれと言って煮付けたんですよ」

おしずが、飯台に鰈の載った皿を置いた。

旦那さんというのは、亀楽のあるじの元造《もとぞう》だった。寡黙な男で愛想など口にしたことはないが、源九郎たちには何かと気を使ってくれた。源九郎たちが頼めば、他の客を断って貸し切りにしてくれることもあった。

「ありがてえ、酒も肴《さかな》も旨えし、まったくいい店だ」

孫六が、奥の板場にいる元造にも聞こえる声で言った。

源九郎たちが鰈をつつきながら、いっとき飲んだとき、

「ところで、旦那たちは、沢田屋《さわだや》の娘の噂を聞きやしたかい」

孫六が急に声をひそめて言った。

上目遣いで源九郎と菅井を見た孫六の目に、腕利きの岡っ引きを思わせるような鋭さがあった。

孫六は番場町《ばんばちょう》の親分と呼ばれた岡っ引きだったが、十年ほど前に中風を患い、左足が不自由になって引退したのである。

孫六は引退後、伝兵衛店に住む娘のおみよの許に転がり込んだのだ。おみよには又八《またはち》というぼてふりの亭主と富助《とみすけ》という子がいた。そうした娘家族に気を使い

ながら、孫六は長屋で暮らしていた。そのため、孫六は長屋では好きな酒も我慢して飲まないようにしていた。孫六が源九郎たちと亀楽で飲むのを楽しみにしていたのは、長屋では飲めないためもあったのだ。

「沢田屋というと、柳橋にある船宿か」

源九郎は柳橋に沢田屋という船宿があるのを知っていた。船宿としては大きな店で、二階には酒宴をひらける座敷もあった。

「そうでさァ」

「沢田屋がどうしたのだ」

菅井が訊いた。

「半月ほど前、沢田屋のひとり娘がいなくなったんでさァ」

孫六によると、いなくなった娘はおきくという名だという。

「おきくは、いくつになるのだ」

源九郎はそう訊いたが、あまり興味はなかった。どうせ、好きな男と駆け落ちでもしたのだろうと思ったのである。

「十歳だそうで……。神隠しにでも遭《あ》ったんじゃァねえかってえ噂ですぜ」

孫六が顔をひきしめて言った。

「神隠しということはないだろうが、駆け落ちにしては、まだ若過ぎるな」

十歳で男と駆け落ちということはないだろう、と源九郎は、思った。

「おしげってえ母親とふたりで、浅草寺《せんそうじ》にお参りにいった帰《けえ》りに大川端で急にいなくなっちまいやしてね。おしげは沢田屋に駆け戻り、亭主の松造《まつぞう》や店で使っている船頭などといっしょにおきくを探したが見つからなかったそうでさァ」

おしげは、沢田屋の女将《おかみ》だという。

「孫六、おまえ、やけに詳しいな」

菅井が訊いた。

「ヘッヘヘ……。栄造《えいぞう》に聞いたんでさァ」

栄造は、浅草諏訪町《すわちょう》に住む岡っ引きだった。事件の探索にあたっていないときは、女房のお勝《かつ》とふたりで勝栄《かつえい》というそば屋をやっている。なお、勝栄という店の名は、栄造とお勝の名からとったそうだ。

栄造は腕利きの岡っ引きだった。孫六はもとより、源九郎たちも伝兵衛店の住人が事件にかかわったおりなど、栄造の手を借りることがあった。

「それで、おきくはまだみつからないのか」

源九郎は、人攫《ひとさら》いがおきくを連れ去ったのではないかと思った。

「まださァ」

孫六によると、栄造をはじめ浅草や両国などを縄張りにしている岡っ引きたちが、探索にあたっているが、何の手掛かりもないそうだ。

「いずれにしろ、おれたちにはかかわりのないことだ」

菅井がそう言って、猪口の酒を飲み干した。

二

源九郎たち三人が亀楽を出たのは、六ツ半（午後七時）ごろだった。亀楽の前の路地は、淡い夜陰につつまれていた。満天の星だった。初秋の涼気を含んだ微《そよ》風《かぜ》が、酒気で火照《ほて》った肌に心地好《ここちよ》かった。

「旨え、酒だったな」

孫六が、「華町の旦那、また来やしょう」と、源九郎に肩を寄せて言った。腰がふらついている。

「いいな」

源九郎はそう言ったが、胸の内で、しばらく、来られそうもない、とつぶやいた。菅井とふたりで亀楽の飲み代を払ったのだが、懐《ふところ》には一文銭が何枚かしか残っていなかった。酒どころではない。明日から、めしを食っていく心配をせねばならないのだ。

路地をいっときたどると、前方に伝兵衛店の路地木戸が見えてきた。

「おい、何かあったようだぞ」

菅井が言った。

路地木戸の前に、ひとだかりができていた。長屋の者たちが集まっている。男たちだけでなく、お熊《くま》やおとよなど女房連中の姿もあった。

源九郎たち三人は足早になった。長屋で何か起こったにちがいない。路地木戸の近くまで行くと、源九郎たちの姿を目にした日傭取《ひようと》りの島吉《しまきち》、大工の手間賃稼ぎの伸助《しんすけ》、お熊、おとよなどが走り寄ってきた。

茂次《しげじ》と平太の姿もあった。茂次は研師《とぎし》で、源九郎たちの仲間のひとりである。研師といっても、裏路地や長屋などをまわり、包丁や鋏《はさみ》の研ぎ、鋸《のこぎり》の目立てなどをして暮らしをたてていた。

「た、大変だよ。およしちゃんがいなくなったんだ」

お熊が、声をつまらせて言った。

お熊は源九郎の家の斜向《はす》かいに住む助造《すけぞう》という日傭取りの女房だった。

四十代半ばで、でっぷりと太り、色気も洒落《しやれ》っ気もなかった。その上、口うるさく、でしゃばりである。それでも、長屋の連中には信頼され、好かれていた。心根がやさしく、長屋の住人に困ったことがあると親身になって助けてくれたからだ。源九郎に対しても、独り暮らしの年寄りを気遣って、ときおり握りめしや総菜など持ってきてくれる。

「およしというと、政吉《まさきち》の娘か」

すぐに、源九郎が訊いた。

長屋に屋根葺《ふ》き職人をしている政吉に、およしという娘がいた。まだ、十歳のはずである。

「そのおよしちゃんだよ」

お熊が心配そうな顔をして言った。

すると、茂次が源九郎のそばに身を寄せ、

「増川屋《ますかわや》にいった帰《けえ》りに、いなくなっちまったようなんで」

と、顔をけわしくして言った。

「増川屋というと、竪川《たてかわ》沿いにある煮染《にしめ》屋か」

源九郎は、増川屋という煮染屋が竪川沿いにあることを知っていた。長屋の女房連中は煮染を買いにちょくちょく増川屋に出かける。

「そうでさァ」

「政吉とおくらは」

源九郎が訊いた。おくらは、およしの母親だった。近くに、およしの両親の姿がなかったのだ。

「政吉たちは、およしを探しに増川屋の近くへ行ってやす」

茂次が言うと、お熊の脇に立っていたおとよが、

「か、神隠しに、遭ったのかもしれないよ」

と、声を震わせて言った。

「神隠しだと！」

孫六が声を上げた。酔っ払っていたのが嘘のように腰がしゃきっとしている。

「うむ……」

源九郎の顔がこわばった。亀楽で聞いた孫六の話が胸によぎったのだ。いなくなった沢田屋の娘のおきくと同じで、およしも十歳だった。しかも、近所では器量よしで知られている。

「増川屋まで行ってみるか」

伝兵衛店から増川屋まで近かった。行けば、その後の様子が分かるだろう。

「あっしも行きやしょう」

茂次が言うと、その場にいたお熊やおとよなどの女房連中まで、あたしも行くよ、と言い出した。

「待て、待て、お熊たちは長屋で待っていてくれ。おれたちと行き違いになって、政吉たちが帰ってくるかもしれんからな」

源九郎は、暗くなったいまになって大勢で出かけ、増川屋の近くを探しまわってもどうにもならないとみたのである。

源九郎をはじめ十人ほどの男たちが増川屋まで行き、女たちは長屋に残ることになった。

増川屋はしまっていた。十数人の長屋の住人が増川屋のまわりや竪川の岸際を歩いていた。およしを探しているらしい。

源九郎たちが駆け付けると、政吉とおくら、それに顔見知りの長屋の男たちが集まってきた。

「は、華町の旦那、およしがいなくなっちまったんで……」

政吉がひき攣《つ》ったような顔をし、声を震わせて言った。

そばにいたおくらが、両手で顔を覆い、およし、およし、と呼びながら、泣き出してしまった。

そばに立っていたおあきが、

「おくらさん、泣かないで、およしちゃん、きっともどってくるから」

と、おくらの背を擦《さす》りながら言った。おあきは、政吉の家の隣に住む大工の手間賃稼ぎの女房である。

その場にいた男たちのなかに、増川屋のあるじの徳造《とくぞう》もいた。徳造によると、およしは暮れ六ツ（午後六時）の鐘が鳴るすこし前、煮染を買って店先を離れたという。

「その後のことは、おれにも分からねえ」

徳造が眉《まゆ》を寄せて言った。

それから、源九郎たちは増川屋から伝兵衛店までの道や竪川の岸際などを歩いておよしを探したが、その姿はむろんのことおよしを探す手掛かりになるような物も見つからなかった。

まさに、およしは忽然《こつぜん》と姿を消してしまったのである。

おくらのそばにいたおあきが、

「神隠しかもしれないよ……」

　と、怯《おび》えるような顔をしてつぶやいた。

三

　源九郎は昨夜の残りのめしで握りめしを作り、湯を沸かすのが面倒なので水を飲みながら頬ばっていると、戸口に近付いてくる足音がした。三人いる。足音は腰高障子の前でとまり、

「旦那、いやすか」

　と孫六の声がした。

「いるぞ」

　源九郎は手に残っていた握りめしを口に入れた。

　腰高障子があいて、顔を出したのは、孫六、政吉、おくらの三人だった。

　源九郎は政吉とおくらの顔を見て、

……やつれた。

　と、思った。とくに、おくらの顔がひどかった。一目で憔悴《しょうすい》しているのが分かった。目が落ち窪み、頬の肉がげっそりと落ちていた。丸髷は、ぼさぼさで乱

れた髪が頬のあたりに垂れ下がっている。

およしがいなくなって、三日経っていた。この間、ひとり娘のおよしを突然奪われた政吉とおくらは、食べ物も喉をとおらず、夜も眠れなかったにちがいない。

「旦那に話があるそうで……」

孫六が小声で言った。孫六まで、悲痛な顔をしている。

「ともかく、腰を下ろしてくれ」

源九郎は手にしていた湯飲みの水で口のなかに残っていた握りめしを流し込み、上がり框《がまち》近くに腰を下ろした。

「だ、旦那、およしを探してくだせえ」

政吉がそう言って、源九郎に深々と頭を下げた。すると、おくらも、

「およしを、取り返して……」

と、涙声で言った。

「その後、およしのことで何か分かったことはあるのか」

源九郎が訊いた。

すると、政吉のそばに腰を下ろした孫六が、

「増川屋のそばを通りかかった作造《さくぞう》ってえ船頭が、およしらしい娘が増川屋の近くで若《わ》え男《け》と話しているのを見かけたんでさァ」

と、口をはさんだ。孫六によると、作造は竪川沿いにある船宿、吉川屋《よしかわや》で船頭をしているという。

「若い男な」

源九郎がそう口にすると、

「お、およしは、まだ十歳です。男と駆け落ちなんかするはずはねえ。……だ、旦那、およしは、丼《どんぶり》を持って煮染を買いにいったんですぜ。駆け落ちをしようってえ娘が、丼なんか持って家を出やすか」

政吉が向きになって言った。

「政吉の言うとおりだな。およしは、駆け落ちをしたのではあるまい」

源九郎はそう言ったが、その男がおよしを攫ったのかもしれない、と思った。まだうぶな子供だからこそ、若い男の言うことを真《ま》に受けて、ついていったということも考えられる。

源九郎と政吉が口をつぐむと、家のなかが急に静かになり、長屋のあちこちから子供を叱る母親の声や笑い声、赤子の泣き声などが聞こえてきた。

ふいに、政吉が立ち上がり、源九郎に体をむけ、

「華町の旦那に、お願《ねげ》えがあって来やした」

と言って、懐に手をつっ込んで巾着《きんちゃく》を取り出した。すると、女房のおくらも政吉の脇に立ち、縋《すが》るような目を源九郎にむけた。

「な、なんだ、あらたまって……」

思わず、源九郎が座り直した。

「およしを探してくだせえ。お願いしやす」

政吉は手にした巾着を源九郎の膝先に置き、

「こ、これは、あっしとおくらで都合した金でさァ。……これで、何とかおよしを連れ戻してくだせえ」

と、涙声で言った。

おくらも、「お、お願いします、およしを連れ戻して……」と言って、源九郎に掌《て》を合わせた。

「そ、そう、言われてもな」

源九郎は返答に窮した。

本所界隈《かいわい》には、源九郎たちのことをはぐれ長屋の用心棒などと呼ぶ者もいた。

これまで、源九郎たちは長屋で起こった事件はむろんのこと、無頼牢人に脅された店を守ってやったり、勾引《かどわか》された娘を助け出したりしてきた。その都度、相応の依頼金や礼金を貰っていた。源九郎たちは人助けをかねた用心棒のような仕事をして、暮らしの足しにしていたのである。

また、界隈に伝兵衛店のことをはぐれ長屋と呼ぶ者がいたのは、長屋には、食い詰め牢人、家に居られなくなった年寄り、その道から挫折した職人などのはぐれ者が多く住んでいたからである。源九郎、菅井、孫六もはぐれ者のひとりであった。

「旦那、やりやしょう」

孫六が、いつになく張り切って言った。

ここに来る前に、孫六は政吉とおくらに頼まれ、その気になっていたのかもしれない。

「うむ……」

源九郎は膝先に置かれた巾着を手にした。

ずっしりと重い。おそらく、政吉とおくらは家の有り金を残らず持参したのだろう。

源九郎は巾着に手を入れ、一握りだけ取って、膝先にひろげた。一文銭がほとんどで、一朱銀がふたつだけ交じっていた。

「これだけ、貰っておく。わしらに、できるだけのことはする」

源九郎が重いひびきのある声で言った。巾着ごと貰ってしまうと、政吉が仕事にもどるまで、暮らしていけないだろう、と思ったのである。

「華町の旦那、お願いしやす」

政吉とおくらは、あらためて源九郎に頭を下げて戸口から出ていった。

その場に残った孫六が、

「旦那、菅井の旦那たちに集まってもらいやすか」

と、意気込んで言った。

「ここに、集まるよう、話してくれんか」

源九郎も、菅井たちの手を借りようと思った。

「亀楽じゃァねえんですかい」

孫六が拍子抜けしたような顔をした。

源九郎たちは、こうした人助けの仕事を頼まれたとき、亀楽に集まって話すことが多かったのだ。

「亀楽は後だ」

源九郎がしぶい顔をして言った。亀楽に行きたくても、みんなで飲む金がなかったのである。

四

政吉とおくらが源九郎に、およしの行方を探してくれと頼みにきた翌日、源九郎の家に六人の男が集まった。

源九郎、菅井、孫六、茂次、それに平太と三太郎《さんたろう》だった。三太郎は砂絵描きだった。砂絵描きは、染粉で染めた砂を色別にして布袋に入れて持ち歩き、よく掃除して水を撒《ま》いた地面に色砂を垂らして絵を描くのである。三太郎は人出の多い寺社の門前や広小路の隅などで、砂絵を描いて見せ、見物人から銭をもらっていた。大道芸のひとつである。

三太郎は絵描きの師匠に弟子入りしたが、師匠の娘に手を出して破門になり、砂絵描きをして口を糊《のり》するようになったのだ。

三太郎は四十がらみ、おせつという女房とふたりで長屋で暮らしていた。三太郎もはぐれ者のひとりである。

暮れ六ツ（午後六時）すこし前だった。源九郎たちの膝先には、貧乏徳利が立っていた。菅井たちは家にある貧乏徳利の酒を持ち寄ったのである。

源九郎たち六人は、湯飲みで貧乏徳利の酒をいっとき飲んでから、

「みんなに集まってもらったのは、およしの件だ」

源九郎が切り出した。

菅井たち五人の視線が、源九郎に集まった。

「話してくれ」

菅井が低い声で言った。

「およしが、増川屋に煮染を買いにいった帰りにいなくなったのは知っているな」

源九郎が言うと、菅井たち五人はいっせいにうなずいた。伝兵衛店の住人で、赤子や幼児を除けば、およしがいなくなったことを知らない者はいなかった。

「昨日、政吉とおくらが、ここに来てな。何とかおよしを探し出して、連れ戻してくれと頼んだのだ」

そう言って、源九郎はふところから巾着を取り出し、なかに入っていた銭を畳の上にひろげた。

「二朱と五十八文ある」

一朱銀がふたつと、あとは一文銭だった。

菅井たち五人は、源九郎の膝先の銭に目をやったが、何も言わなかった。茂次、平太、三太郎の顔に、拍子抜けしたような表情が浮かんだだけである。

「実は、政吉とおくらは、有り金を残らず持ってきたのだが、わしはこれだけ貰っておいたのだ。政吉は仕事も手につかないようなので、当分の暮らしに困るだろうと思ってな」

源九郎が言うと、茂次たちがうなずいた。

「それで、どうするな」

源九郎が男たちに目をやって訊いた。

「華町は承知したから、その金を貰ったのではないのか」

菅井が抑揚のない声で言った。

「わしは、そのつもりだ」

「それでは、やるしかないではないか」

菅井が言うと、孫六たち四人が、やるしかねえ、と口をそろえた。

「そう言ってもらうと、ありがたいが、仕事を休んでまで探索にあたるのはどうかな。まだ、およしを連れ去った相手も分からないし、探すといっても容易ではないぞ」

源九郎は、隠居の身の孫六はともかく、他の四人は仕事を休んでまで探索にあたってほしくなかった。暮らしに困るだろうと思ったのだ。

「すこし、様子が知れてから、みんなに動いてもらったらどうです」

孫六が助け船を出した。

「孫六の言うとおり、みんなは仕事の合間に、それとなく聞き込んでみてくれ。様子が知れてきたら、どう動くかあらためて相談しよう」

源九郎は、平太はともかく菅井、三太郎、茂次の三人は、仕事をしていても聞き込みにあたる岡っ引きに負けない情報収集力があるのを知っていた。

菅井は人出の多い両国広小路で、三太郎も人の集まる寺社の門前や広小路で大道芸を観せ、多くの人と接していた。茂次は裏路地や長屋をまわり、土地の者と話す機会が多かった。そのため、三人は嫌でも市井《しせい》の噂話が耳に入ってくるのだ。

「承知した」

菅井が言うと、孫六たちがうなずいた。

「それで、この銭はどうするな」

源九郎が膝先の銭に目をやって訊いた。

「今度、みんなで亀楽でやるときの足しにしやしょう」

茂次が言うと、

「それがいい」

孫六が、ニンマリしてうなずいた。

それから、源九郎たちは一刻（二時間）ほどして、貧乏徳利の酒を飲み、夜が更けてから菅井たちが腰を上げた。

菅井たちが引き上げた後も、孫六は膝先に貧乏徳利を置いたまま腰を上げなかった。緒黒く染まった顔で、虚空を睨《にら》むように見すえている。

「孫六、家に帰らなくてもいいのか。おみよや又八が心配してるぞ」

「なに、まだ早《はえ》えや」

そう言って、孫六は手にした湯飲みの酒を、グイと飲んだ後、

「旦那、およしの件は、沢田屋のおきくがいなくなった筋と同じとみてるんですがね」

と、目をひからせて言った。腕利きの岡っ引きらしい鋭い目である。

「そうかもしれんな」

沢田屋のひとり娘のおきくも、およしと同じ十歳だった。それにふたりとも、器量よしらしい。

「神隠しなんかじゃァねえ」

孫六が語気を強くして言った。

「人攫いが、おきくとおよしを攫ったとみているのだな」

「そうでさァ」

「何者か知らぬが、娘を攫ってどうする気なのか」

船宿の娘のおきくはともかく、およしは身の代金目当てに攫ったのではないだろう。

「女衒《ぜげん》が吉原にでも、売るために攫ったとも考えられやすがね。それにしちゃァちょいと歳がな。十歳なら、何年かすれば店に出して客をとれるようになるが、自分の家や攫われてきたことを客に話しやすからね」

「うむ……」

源九郎も、女衒が吉原や岡場所に売るためにおきくとおよしを攫ったのではないような気がした。孫六の言うとおり、攫われた娘が十歳にもなっていれば、客をみて人攫いに連れてこられたことを話すだろう。

「旦那、明日にも諏訪町に行ってみやすか」

孫六が言った。

「栄造か」

「そうでさァ。栄造がおきくの件を探っているはずでさァ。何かつかんでるかもしれやせんぜ」

「行ってみるか」

「そうしやしょう」

孫六は手にした湯飲みの酒を一気に飲み干して腰を上げた。

五

翌朝、雨だった。

源九郎は流し場で顔を洗うと、水だけ飲んで空腹を我慢した。めしを炊くのが面倒だったので諏訪町に行く途中、どこかで一膳めし屋にでも立ち寄ればいいと思ったのである。

それに、雨の日は、菅井が握りめしを持って源九郎の家に顔を出すことが多かった。菅井は無類の将棋好きだった。雨が降ると、両国広小路で居合の見世物ができないので、将棋盤をかかえて、源九郎の家に顔を出す。その際、握りめしを持参するのだ。握りめしを食いながら、ふたりで将棋を指すのである。

菅井は風貌に似合わず几帳面《きちようめん》な性格で、めしもきちんと自分で炊いたし、滅多なことでは朝めしや夕めしをぬいたりしなかった。

……そろそろ、菅井が顔を出してもいいころだな。

源九郎が胸の内でつぶやいたとき、戸口に近付いてくる下駄の音がした。だが、ひとりではなかった。三人のようだ。

下駄の音は腰高障子の前でとまり、

「華町の旦那、いやすか」

と孫六の声がした。

「孫六か、入ってくれ」

孫六は諏訪町に行くために来たのだろうが、源九郎はすこし早いと思った。それにひとりではなく、他にふたりいるようだ。

腰高障子があき、戸口に立っている三人の男の姿が見えた。孫六と見知らぬふたりの男である。ひとりは、三十がらみであろうか。羽織に子持ち縞《じま》の小袖に角帯姿だった。もうひとりは若い男で、棒縞の小袖を裾高に尻《しり》っ端《ぱし》折《よ》りしていた。

孫六たちは、戸口でさしてきた傘をとじて土間に入ってきた。

「華町の旦那、沢田屋の松造さんでさァ」

孫六が羽織に小袖姿の男に目をやって言った。

「柳橋で船宿をやっている松造でございます」

そう言って、松造は源九郎に頭を下げた。松造は、思いつめたような顔をしていた。

すると、もうひとりの若い男が、

「船頭の留吉《とめきち》で」

と言って、首をすくめるように頭を下げた。

「沢田屋の……」

思わず、源九郎は言葉を呑んだ。まさか、沢田屋のあるじが、訪ねてくるとは思ってもみなかった。源九郎は、孫六から沢田屋の娘のおきくが攫われたらしいことを聞いていたのだ。

「そこで、松造さんと顔を合わせやしてね。華町の旦那に用があって来たと聞いて、いっしょに来たんでさァ」

孫六が得意そうな顔をして言った。

「ともかく、そこに腰を下ろしてくれ」

源九郎は上がり框に手をむけた。

座敷に上がってもらってもいいが、まだ枕屏風と夜具を片付けていなかった。それに、茶を淹《い》れたくても、湯が沸いてない。

「では、ここに」

松造が上がり框に腰を下ろすと、戸惑うような顔をして土間に立っていた留吉も隅の方に腰を下ろした。

孫六は勝手に座敷に上がって、源九郎の脇に胡座《あぐら》をかいた。左足がすこし不自由なので、正座は苦手である。

「それで、用件は」

源九郎が訊いた。

「華町さまは、てまえの娘のきくが攫われたことは、ご存じでしょうか」

松造の声が震え、顔が悲痛にゆがんだ。

「話は聞いているが……」

源九郎は語尾を濁した。こちらでしゃべる前に、松造から話を聞き出そうと思ったのである。

「娘のきくは浅草寺にお参りにいった帰りに、駒形町《こまがたちょう》で何者かに攫われたのです」

松造はそこまで口にすると、

「留吉、おまえから話してくれ」

と、声をつまらせて言った。

「へい、あっしは女将さんとお嬢さんを舟に乗せて、駒形町まで送りやした。その帰りに、お嬢さんが……」

留吉によると、駒形堂近くの桟橋に舟をとめ、女将のおしげとおきくがもどって来るのを待っていたという。

毎月一度、おしげとおきくは、浅草寺にお参りに行っていた。舟を使うとあまり歩かずに済むこともあって、留吉が船頭として舟を出すことが多かったという。

「女将さんが血相を変えて舟にもどって来やして、お嬢さんがいなくなったと話したんでさァ」

おしげが留吉に話したことによると、浅草寺の雷門《かみなりもん》をおきくといっしょに出た後、並木町《なみきちよう》の人込みのなかを歩いているとき、おきくとの間に若い男がふたり強引に割り込んできておきくと離れてしまったという。

おしげは、おきくの名を呼びながら後を追ったが、若い男が前に立ちふさがっておきくのそばに行けなかった。若い男は、すぐにおしげの前から離れたが、すでにおきくの姿は見えなくなっていた。ひとりになったおしげは必死になって、おきくを探したが見つからなかったという。

「その若い男は、町人かな」

源九郎が訊いた。

「女将さんの話じゃァ、遊び人ふうだったそうで」

「遊び人な。……それでどうなったな」

「女将さんは、すぐにあっしのところへもどり、お嬢さんが若い男に連れて行かれたことを話したんでさァ」

留吉によると、あらためておしげとふたりでおきくがいなくなった通りまで行って探したが、見つからなかったという。

「いまの話を聞くと、神隠しではなく、まちがいなく人攫いの仕業だな」

源九郎の声が大きくなった。

「は、はい、きくは攫われたのです」

松造が声を震わせて言った。

「それで、人攫い一味から何か言ってきたのか」

娘を攫った一味から、身の代金の要求があったのではないか、と源九郎は思ったのである。

「何も言ってきません」

松造は肩を落とした。

「うむ……」

源九郎は、孫六からおきくは半月ほど前に攫われたと聞いていた。身の代金を奪うためなら、人攫い一味から何か言ってきてもいいはずだ。

「諏訪町の親分さんから、この長屋の娘さんも人攫いに連れていかれたと聞きました」

松造が源九郎に目をむけて言った。

「まだはっきりしないが、長屋の娘も人攫いに連れていかれたようだ」

源九郎は、およしの名は口にしなかった。

「親分さんから、伝兵衛店には華町さまという頼りになるお武家さまがいるので、行って話してみろ、と言われて、お伺《うかが》いしたのです」

松造が源九郎に目をむけて言った。

「旦那は、栄造に言われてここに来たのかい」

孫六が身を乗り出すようにして訊いた。

「そ、そうです」

「栄造の言うとおりだよ。ここにいる華町の旦那は、頼りになるぜ」

孫六がまるで自分のことのように胸を張った。

「うむ……」

源九郎は渋い顔をした。長屋のおよしのことで手がいっぱいなのに、沢田屋の娘のことまでかまってはいられない。

「それで、華町さまに、きくを人攫い一味から助け出してほしいのです」

松造が縋るような目を源九郎にむけた。

「わしも、何かと忙しい身でな」

源九郎は語尾を濁した。おきくという娘もかわいそうだが、長屋のおよしを助け出さなければならないのだ。

「むろん、相応のお礼はいたします」

そう言って、松造は懐から袱紗《ふくさ》包みを取り出した。

源九郎は膝先に置かれた袱紗包みを目にし、

……五十両か！

と、胸の内で声を上げた。

袱紗包みの膨らみぐあいからみて、切《き》り餅《もち》がふたつ包んでありそうだった。切り餅ひとつに二十五両分の一分銀がつつんであるので、ふたつで五十両ということになる。

「きくを連れもどしていただいたときに、あらためてお礼をいたします」

松造が小声で言い添えた。

「わしにも、ひとり娘を連れていかれた松造さんの気持ちは、痛いほど分かる。いいだろう。何とか、娘さんを探してみよう」

源九郎はそう言って、袱紗包みに手を伸ばした。

「華町さま、よろしくお願いいたします。きくを連れ戻してください」

松造は涙声で言い、あらためて源九郎に深々と頭を下げてから留吉を連れて戸口から出ていった。

雨がやんでいた。松造たちは傘を手にし、すこし肩を落として路地木戸にむかっていく。

源九郎も戸口まで出て松造たちを見送った後、

「孫六、菅井たちを亀楽に集めてくれ」

と、小声で言った。

「ヘッへへ。金が入ったようで」

孫六はニヤリと笑い、その場から走りだした。長屋をまわるらしい。左足がすこし悪いが、こういうときは速い。

六

「まァ、一杯飲んでくれ」

源九郎が銚子を手にし、笑みを浮かべて言った。

松造がはぐれ長屋に来た翌日の夕暮れ時である。亀楽に六人の男が集まっていた。源九郎、菅井、孫六、茂次、平太、三太郎である。六人は土間に置かれた飯台を取りかこみ、腰掛け代わりの空樽に腰を下ろしていた。店内に、他の客はいなかった。源九郎が元造に頼んで貸し切りにしてもらったのだ。

菅井が猪口で源九郎に酒をついでもらいながら、

「沢田屋の旦那が、長屋に来たそうだな」

と、探るような目を源九郎にむけて訊いた。

「昨日な。それで、みんなに集まってもらったのだ」

菅井だけでなく、茂次、平太、三太郎の目が源九郎に集まっている。孫六だけが、ニヤニヤしながら猪口をかたむけていた。

「それで、どんな話だ」

菅井が話の先をうながすように訊いた。

「沢田屋の娘が、いなくなった話は聞いているな」

源九郎が言うと、菅井たちがいっせいにうなずいた。

「いなくなった娘の名はおきく、およしと同じ十歳とのことだ。しかも、近所では評判の器量よしだったとか」

「およしとそっくりだぜ」

茂次が言った。

「そのおきくを探しだしてくれ、と沢田屋のあるじの松造に頼まれたのだ」

「華町は承知したのか」

菅井が手にした猪口を口の前にとめたまま訊いた。

「承知した。わしは、おきくの件もおよしと同じ筋とみたのだ。およしを探せば、おきくの居所も知れるはずだからな」

「そうかもしれん」

菅井が言った。茂次たちもうなずいている。

「むろん、ただではないぞ」

源九郎が、おもむろに懐から袱紗包みを取り出した。

菅井をはじめ、五人の男の目がいっせいに袱紗包みに集まった。

源九郎は袱紗包みを飯台の上に置いてひらきながら、

「五十両ある」

と、つぶやいた。

袱紗包みには、切り餅がふたつ包んであった。源九郎は松造から受け取った袱紗包みをそのまま持ってきたのだ。

「五十両！」

平太が目を剝《む》いて言った。

五人の男が、食い入るように袱紗包みを見つめている。

「みんなが、およしだけでなく、おきくもいっしょに探すことに承知すれば、この金はいつものように六人で分けることになる」

源九郎は松造が口にした礼のことは話さなかった。いまから、それを当てにするわけにはいかないのだ。

「やる！」

茂次が声高に言った。

すると、孫六、平太、三太郎の三人も、やる、やる、といっせいに声を上げた。菅井だけが小声で、

「おれも、やる」

と言って、手にした猪口の酒を飲み干した。

「では、六人で分けるとするが、五十両を六人で分けるとひとり頭、八両……。二両残るが、いつものように残った金はわしらの飲み代にしたらどうかな」

源九郎たちは、依頼金や礼金を六人で分けることにしていたが、半端な金はいつも飲み代にまわしていたのだ。

「それでいい」

孫六が言うと、他の四人も承知した。

「では、分けるぞ」

源九郎は一分銀をつつんである切り餅の紙を破り、それぞれの前に一分銀を八両分だけ置いた。

源九郎をはじめ六人の男は懐から巾着や財布を取り出し、自分の取り分の一分銀をしまった。

孫六はずっしりと重い巾着を懐に入れると、

「さァ、飲むぞ」

と声を上げ、猪口の酒を一気に飲み干した。

六人が差したり差されたりして、いっとき飲んでから、

「飲みながらでいいが、これからどう動くか相談したいのだがな」

と、源九郎が切り出した。

「おい、みんな、しゃきっとしろよ。金だけもらって、酔ってるわけにはいかねえぞ」

孫六が赤い顔をして言った。すこし、体が揺れている。そういう孫六が、一番酔っているようだ。

「おきくは、母親とふたりで浅草寺にお参りにいった帰りにいなくなったそうだが、若い男が人込みのなかでおきくを母親から引き離したらしいのだ」

源九郎がそう話し、

「その若い男だがな、遊び人ふうだったそうだ」

と、言い添えた。

「そいつらをつきとめれば、おきくを攫った一味が分かるってことか」

茂次が声高に言った。

「そうだな」

「おれは、浅草寺界隈をあたってみるぜ」

茂次が言うと、平太と三太郎も浅草で聞き込んでみると口にした。

「無理をするなよ。下手に動いて、人攫い一味に気付かれると、何をされるか分からんぞ」

まだ、相手が何者なのかまったく分かっていなかった。源九郎は、迂闊《うかつ》に聞きまわるのは危険だと思ったのである。

「油断はしませんや」

茂次が目をひからせた。

「おれはいままでどおり、両国広小路で探ってみる」

菅井は表情も動かさず、ぼそりと言った。

それから、源九郎たちは探索の手筈《てはず》を相談しながら半刻(一時間)ほど飲み、孫六だけでなく茂次や三太郎も酔ってきたので長屋に帰ることにした。

孫六たちは、ふらついていた。平太だけはまだ若く酒はあまり飲まなかったので、ふらつくようなことはなかった。

夜陰につつまれた人気のない路地を歩きながら、孫六が源九郎の腕をつかみ、

「ちょいと、飲みたりねえなァ」

と、ふらふらしながら言った。

「孫六、それ以上飲んでみろ。家に帰れなくなるぞ」

源九郎が苦笑いを浮かべて言った。

「そんなこたァねえ。まだ、しゃっきりしてやすぜ」

そう言いながらも、孫六は源九郎に寄り掛かるようにして歩いた。

「孫六、おりいっておまえに頼みたいことがあるのだがな」

源九郎が急に真面目な顔をした。

「な、なんです」

孫六が声をつまらせて訊いた。

「明日、諏訪町にいってみたいのだ」

「いきやしょう」

孫六の体がすこし源九郎から離れた。

「栄造はおきくの件を探っているはずだな」

源九郎が声を低くして言った。

「へい」

孫六の歩き方がしっかりしてきた。

「孫六、酔っているようだが、明日、諏訪町に行けるか」

「旦那、あっしはこれくれえの酒で酔ったりしねえ」

孫六が胸を張った。

「さすが、孫六だ。酒を飲んでも、飲まれるようなことはないようだ。……今夜は早く寝てくれ。出かけるのは、明日の朝だぞ」

「へい、旦那も、今夜は早く寝てくだせえ」

孫六が、しっかりした足取りで歩きだした。

七

「旦那、起きてやすか」

腰高障子のむこうで、孫六の声がした。

源九郎は流し場で顔を洗っていたが、

「入ってくれ」

と声をかけ、いそいで手ぬぐいで顔を拭いた。

「旦那、顔を洗ってたんですかい。もう、五ツ（午前八時）を過ぎてやすぜ」

孫六が源九郎の顔を覗《のぞ》くように見た。

「孫六、朝めしは食ったのか」

「へい、旦那は」

「お、おれも、食った」

源九郎は朝起きて水を飲んだだけだったが、食ったことにしておこうと思った。朝めしをぬくのは慣れていたし、昨夜、亀楽でいつもより多く腹に入れてあるので、空腹感はなかった。胸のあたりが、すこしむかむかする。

「諏訪町に出かけるかな」

源九郎は座敷に上がり、大小を腰に帯びた。今日は袴を穿《は》いていたので、無腰というわけにはいかなかったのだ。

「行きやしょう」

源九郎と孫六は路地木戸に足をむけた。

長屋はひっそりとしていた。どの家も朝餉《あさげ》を終え、亭主たちの多くが仕事に出ている。女房たちは朝餉の後片付けを終え、一休みしているころだろう。いまごろが、長屋のもっとも静かな時間なのかもしれない。

源九郎と孫六は竪川沿いの通りに出てから西にむかい、大川にかかる両国橋を渡った。神田川にかかる浅草橋を通って奥州街道を北にむかえば、諏訪町に出られる。

源九郎たちは、浅草御蔵の前を過ぎてさらに北にむかった。そして、諏訪町に入って町家のつづく通りをしばらく歩いてから右手の路地に入った。

路地をいっとき歩くと、

「旦那、暖簾が出てやすぜ」

と、孫六が前方を指差して言った。

路地沿いに、そば屋があった。勝栄である。

「栄造はいるかな」

源九郎が言った。

「いまごろは、店にいるはずでさァ」

店先まで行くと、かすかに下駄の音がした。客ではないようだ。孫六が店先の暖簾をくぐり、源九郎がつづいた。

「あら、いらっしゃい」

土間にいたお勝が、孫六と源九郎を見て声を上げた。ちょうど、奥の板場から出てきたところらしい。赤い片襷《かただすき》をかけ、色白の腕があらわになっていた。お勝は大年増《おおどしま》のはずだが、まだ新妻らしい色気が残っていた。子供がいないせいらしい。

「親分はいるかい」

孫六が訊いた。

「いますよ」

お勝は、孫六と源九郎のことを知っていた。これまでも、源九郎たちは勝栄に来て栄造と話したことがあったのだ。

「呼びましょうか」

「頼むよ」

孫六が言った。

「腰を下ろして、待っててくださいな」

お勝は、源九郎と孫六が追い込みの板間に腰を下ろすのを見ると、すぐに板場にもどった。

待つまでもなく、栄造が姿を見せた。栄造は板場で客に出す料理の準備をしてたらしい。濡れた手を前だれで拭きながら、源九郎たちのそばに来ると、

「込み入った話ですかい」

と、訊いた。捕物の話かどうか、確かめたようだ。

栄造は肌の浅黒い剽悍《ひょうかん》そうな顔をしていた。目付きが鋭く、腕利きの岡っ引きらしい風貌の主である。

「長屋の娘がいなくなった件でな」

源九郎が言った。

「奥の座敷を使いやすか」

板間の先に客を入れる座敷があったが、源九郎たちは座敷を使わないようにしていた。座敷に籠《こも》って栄造と話し込んでいると、商売の邪魔になると思ったのである。

「いや、ここでいい」

まだ、客はいないので気兼ねなく話すことができる。

「いなくなったのは、およしという十歳の娘だそうで」

栄造が、孫六の脇に腰を下ろして言った。栄造ははぐれ長屋にはこなかったが、およしの件も探ったらしい。

「そのおよしの居所をつきとめてな。助け出してえのよ」

孫六が言った。

「旦那たちが動くとみてやした」

「長屋の娘が攫われたんだ。放っちゃァおけねえやな」

「沢田屋の松造が、長屋に行ったはずですが」

栄造は、源九郎に目をむけて訊いた。

「来たよ。松造からも、娘のことを頼まれたのだ」

源九郎が、松造から栄造のことも聞いたことを口にし、

「それでな、おきくのことで何か分かったことがあったら、聞かせてもらおうと思って来たのだ」

と、隠さずに言った。

「それが、これといったことは分からねえんで」

栄造が眉を寄せた。

「松造は、遊び人ふうの男がふたり、かかわっていたような話をしたがな」

源九郎が水をむけた。

「あっしも、人攫い一味をつきとめるには、そのふたりを捜すのが早《はえ》えとみやしてね。浅草寺界隈で聞き込んでみたんでさァ。……おきくらしい娘に、ふたりの遊び人ふうの男が言い寄っていたのを見かけた者はいたんですがね。ふたりの名も居所も、分からねえんでさァ」

栄造によると、いまのところふたりをつきとめる手掛かりもないという。

「おめえのことだ。吉原や岡場所もあたったんじゃァねえのかい」

孫六が口をはさんだ。

「あたってみた。攫った娘を売り払うとすれば、まず吉原、それに浅草辺りの女郎屋とみたのでな」

「それで、何か知れたかい」

「それらしい話が、まったく出てこねえんだ。……吉原や浅草寺界隈を縄張《しま》にしている地まわりや女衒だったやつらに訊いてみたんだがな。ちかごろ、それらしい娘が売られてきた話は聞いてないようだ」

栄造が顔をけわしくして言った。

「吉原や浅草寺界隈の女郎屋ではないということかな」

源九郎が訊いた。

「他の場所に売られたとしても、噂ぐれえやつらの耳に入るはずですが……」

栄造は、戸惑うような顔をした。他の場所ではない、と言い切れないのだろう。

「攫った娘を隠して、様子を見ているのかもしれねえ。ほとぼりがさめたころ、高値で売るつもりじゃァねえかな」

孫六が言った。

「うむ……」

源九郎は首をひねった。五、六歳の子供ならうまく騙《だま》すこともできるが、十歳になった娘を長い間監禁しておくのはかえって大変だろう。同じ家におくと、近所の住人に人攫い一味と気付かれる恐れもある。

「手先たちのなかには、まるで神隠しに遭ったようだ、などとぬかすやつがいるんでさァ」

栄造が、顔をしかめて言った。

「神隠しな」

源九郎がつぶやいた。神隠しに遭ったと思わせるほど手掛かりがないということだろう。

「いずれにしろ、あっしも手先たちも、おきくを攫った一味と思われるふたりを洗ってやすから、そのうち何か見えてくるはずでさァ」

栄造が低い声で言った。虚空にむけられた双眸《そうぼう》が、うすくひかっている。獲物を追う獣のような目である。

第二章　尾行者

一

「お、おい、その金《きん》、ただでくれるのか」

菅井が驚いたような顔をして言った。

はぐれ長屋の源九郎の家だった。今日は朝から雨だったので、菅井がいつものように将棋盤と握りめしの入った飯櫃《めしびつ》を抱えてやってきたのだ。

「ああ、金などくれてやる」

源九郎は菅井が打った角から王を守るために、金で角筋をふさいだのだ。ところが、菅井は桂馬《けいま》で金をとることができ、ただで金をとられてしまう。

源九郎は桂馬でとられることは分かっていたが、考えるのが面倒になり、その場凌《しの》ぎに金を角筋に打ったのだ。

源九郎は、将棋を指す気がなくなっていた。およしのことが気になって勝負に身が入らなかったこともある。

源九郎はこれまでに二局指し、一勝一敗だった。握りめしを馳走《ちそう》になったこともあり、この対局は菅井に花を持たせて、もうやめようと思ったのだ。

「では、金をいただくぞ」

菅井はそう言って、桂馬で金をとった。

「うむ……」

源九郎は腕組みして考え込んだ。負けるにしても、手を抜いたことが菅井に気付かれないようにせねばならない。

「これしかないな」

源九郎が王を下げた。何のことはない。先も読まずに、ただ王を下げただけである。

「そうきたか」

菅井は腕組みして考え込んでいたが、

「ならばこうだ」

と声を上げ、王の前にさきほどとった金を打った。王手である。

「王手ときたか」

源九郎がそう言ったとき、戸口に近付いてくる足音がした。だれか分からないが、だいぶ急いでいるらしい。

「華町の旦那！」

と声がし、ガラリと腰高障子があいた。

土間に飛び込んできたのは、平太だった。だいぶ急いで来たとみえ、平太は肩で息をしていた。

「どうした、平太」

すぐに、源九郎が訊《き》いた。

菅井も驚いたような顔をして平太に目をむけた。

「ちょ、長吉《ちようきち》さんが殺《や》られた！」

平太が荒い息を吐きながら言った。

「だれだ、長吉というのは」

源九郎は、長吉という男を知らなかった。はぐれ長屋にはいないはずである。

「栄造親分の手先でさァ！」

「なに、栄造の」

源九郎が聞き返した。

「へい、親分に旦那たちを呼んでくるよう言われて、飛んできたんでさァ。孫六親分も行ってやす」

平太は栄造を親分と呼んでいた。平太はいずれ岡っ引きになりたいらしく、栄造に頼んで下っ引きとして探索にあたることもあった。それで、浅草に聞き込みにいった帰りに栄造のところに立ち寄ったのかもしれない。

「栄造に、わしを呼んでくるよう言われたのだな」

源九郎が念を押すように訊いた。およしとおきくが攫《さら》われた件に、何かかかわりがあるのであろうか。わざわざ源九郎を呼びにきたとなると、何か理由があるはずである。

「へい」

「すぐに、行かねばならんな」

源九郎が立ち上がろうとすると、

「華町、将棋はどうするのだ、将棋は」

菅井がうらめしそうな顔をして言った。

「菅井にも読めていると思うが、この勝負はおれの負けだ」

「うむ……」

菅井があらためて将棋盤に目をやった。

「あと、七、八手で、おれはつむ」

形勢が菅井にかたむいていただけだが、源九郎はそう言っておいたのだ。

「そ、そうだな。あと、七、八手だ」

そう言ったが、菅井は戸惑うような顔をした。読めていないようだ。

「さすが、菅井だ。もうどうにもならん。完敗だよ」

源九郎は立ち上がった。

「よし、勝負はこれまでだ。おれも行く」

菅井が勢いよく立ち上がった。

「平太、雨は」

源九郎が訊いた。平太は傘を手にしていなかった。雨音も聞こえない。

「雨はやんでますよ」

「やんだのか」

気付かなかったが、雨はやんでいたらしい。

源九郎は土間から出ると、

「場所はどこだ」

と、平太に訊いた。まだ、行き先を聞いてなかったのだ。

「黒船町《くろふねちょう》の大川端でさァ」

「諏訪町から近いな」

浅草黒船町は、栄造の住む諏訪町の南に隣接している。

源九郎と菅井は平太につづいて竪川沿いの道に出てから西にむかい、両国橋を渡って両国広小路に出た。

平太は走らなかった。平太は、すっとび平太と呼ばれるくらい足が速かった。走ったら、源九郎も菅井もついていけないのだ。平太は急ぎ足で歩いたが、それでも源九郎と菅井はついていくのがやっとだった。

源九郎たちは浅草橋を渡り、奥州街道を北にむかって浅草御蔵の前を通り過ぎた。

「へ、平太、もうすこし、ゆっくり」

源九郎が喘《あえ》ぎながら言った。

「もうすこしでさァ」

平太は足をゆるめた。

黒船町に入ると、すぐに平太が、

「こっちで」

と言って、右手の路地に入った。

小体《こてい》な町家のつづく路地をいっとき歩くと、大川端に突き当たった。眼前に大川の川面がひろがり、轟々《ごうごう》と流れの音が聞こえた。無数の波を刻んだ川面を、猪牙舟《ちよきぶね》、屋形船、箱船などが行き交っている。

源九郎たちは川上にむかってすこし歩いたところで、

「あそこですぜ」

平太が川上を指差した。

二

大川の川岸近くに、人だかりができていた。通りすがりの町人が多いようだが、御家人ふうの武士の姿もあった。八丁堀同心や岡っ引きらしい男の姿も目についた。八丁堀同心は小袖を着流し、羽織の裾を帯に挟む八丁堀同心独特の恰好《かっこう》をしているので、すぐに分かるのだ。

「栄造親分がいやす」

平太が指差した。

人だかりのなかに、栄造の姿があった。そばに孫六が立っている。

源九郎たちが人だかりに近付くと、孫六が気付いて、

「旦那、こっちで」

と、呼んだ。孫六の足元付近に、殺された長吉が横たわっているのかもしれない。

源九郎たちは人だかりを分けて、孫六のそばに近寄った。

すると、栄造が同心の立っている足元を指差し、

「そこに、死体《おろく》が」

と、小声で言った。

同心の足元近くの叢《くさむら》に男がひとり仰向けに倒れていた。

……こ、これは！

源九郎は息を呑んだ。

凄絶《せいぜつ》な死体だった。倒れている男の顔は血塗《ちまみ》れだった。歯を剝《む》き出し、両眼をカッと瞠《みひら》いたまま死んでいる。男の額が縦に斬り裂かれていた。柘榴《ざくろ》のように割

十手を握っていた。長吉は十手で抵抗しようとしたのかもしれない。その右手が、右腕も斬られていた。二の腕が皮だけ残して截断《せつだん》されている。

れた傷口から白い頭骨が覗《のぞ》いている。

「この男が長吉だな」

源九郎が念を押すように訊いた。

「そうでさァ」

栄造は眉《まゆ》を寄せた。手先の無惨な死体を見て胸が痛んだのだろう。

「何者か知らぬが、まず長吉の腕を斬ったのだな」

菅井が死体を見つめながら低い声で言った。細い双眸《そうぼう》が切っ先のようにひかっている。急ぎ足で来たせいもあって、顎《あご》のしゃくれた顔が赤みを帯びていた。般若《にゃ》を思わせる不気味な顔である。

「二の太刀で、真っ向へ斬り下ろしたのだ」

源九郎が言い添えた。

初太刀で真っ向へ斬り下ろしたのなら、その後で腕を斬る必要はない。真っ向への一太刀で、長吉は絶命したはずである。下手人は初太刀で長吉の腕を斬り、二の太刀を真っ向へ斬り下ろして長吉を仕留めたのである。

「腕のたつ武士だな」

菅井が言った。

「それに、変わった剣を遣うようだ」

源九郎は思わず身震いした。下手人が遣う異様な剣を想像し、気が昂《たかぶ》ったせいである。

「初太刀で腕を斬り、二の太刀を真っ向へ斬り下ろしたのか」

菅井の声にも昂ったひびきがあった。

「そうみていい」

源九郎の顔から、ふだんの茫洋《ぼうよう》とした表情は消えていた。剣客らしい凄《すご》みのある顔である。

源九郎は長屋に住む隠居爺《じじ》いだったが、鏡新明智流《きようしんめいちりゆう》の達人だった。源九郎は少年のころ、鏡新明智流の桃井春蔵《もものいしゆんぞう》の士学館《しがくかん》に入門し、熱心に稽古に取り組んだのだ。剣の天稟《てんぴん》もあったらしく、めきめき腕を上げ、二十歳のころには士学館でも俊英と謳《うた》われるほどになった。ところが、師匠のすすめる旗本の娘との縁談を断ったことで士学館に居辛くなってやめてしまった。

その後、父から家督を継いだこともあって道場での修行はしなかったが、自己流で稽古をつづけ、いまに至っている。とはいえ、ここ数年は歳をとった上に長屋での独り暮らしということもあって、剣術の稽古どころではなかった。華町家からのわずかな合力では食っていけず、剣術より傘張りに精を出さねばならなくなったのだ。

そのとき、栄造が源九郎たちに身を寄せ、

「旦那方には、この刀傷に見覚えがありやすか」

と、小声で訊いた。

「いや、ない」

源九郎が言うと、菅井もうなずいた。

「変わった斬り口なんで、ふたりに見てもらえば、下手人が分かるかもしれないと思ったんでさァ」

「確かに、変わった斬り口だな」

どうやら、栄造は源九郎にこの斬り口を見てもらうために、平太を長屋に走らせたらしい。

「この男を斬ったのは、まちがいなく武士だ。それも、腕のたつな」

菅井がつぶやくような声で言った。

「ところで、長吉は何を探っていたのだ」

源九郎が声をあらためて訊いた。

「おきくの件でさァ」

栄造によると、長吉はおきくを攫ったとみられるふたりの遊び人のことを探るために、浅草寺界隈《かいわい》で聞き込みにあたっていたという。

「長吉は、何かつかんだのかな」

源九郎は、長吉が何かつかんだために、人攫い一味に殺されたのではないかとみたのである。

「長吉からは何も聞いてませんが」

栄造は首をひねった。

「いずれにしろ、長吉は人攫い一味の手にかかったとみていいな」

源九郎が言うと、

「それに、一味には腕のたつ武士がいることも知れた」

菅井が顔をけわしくした。

「うむ……」

源九郎は、およしとおきくを取り戻すのは容易ではないと思った。

三

「旦那、長吉が何を探っていたか、知れやしたぜ」

孫六が目をひからせて言った。

はぐれ長屋の源九郎の家だった。源九郎たちが黒船町に出かけて長吉の死体を目にした二日後である。源九郎、菅井、孫六、平太の四人が顔をそろえていた。

源九郎と菅井が茶を飲みながら、長吉の死体に残されていた刀傷の話をしているところへ、孫六と平太が顔を出したのだ。

孫六と平太は、昨日と今日浅草寺界隈に出かけ、長吉が何を探っていたか探るために聞き込みにまわっていたのだ。

「長吉は何を探っていたのだ」

源九郎が身を乗り出して訊いた。

「駕籠《かご》でさァ」

「駕籠だと」

源九郎が聞き返した。

「長吉の手先の梅吉《うめきち》ってえやつから聞いたんですがね。長吉は浅草寺界隈の辻駕籠屋をあたっていたようでさァ」

「なぜ、駕籠屋をあたっていたのだ」

「長吉は、人攫い一味がおきくを駕籠に乗せて運んだとみたようでさァ。あれだけ人通りのあるなかで、無理やり娘を連れて行くのはむずかしい。それで、近くに駕籠を待たせておき、それに乗せたと踏んだようで」

「なるほど、駕籠を使えば人目に触れずに、連れていくことができるな。それで、長吉は駕籠屋をあたったわけか」

なかなかの炯眼《けいがん》だ、と源九郎は思った。

「それで、長吉はおきくを乗せた駕籠屋をつかんだのか」

源九郎が訊いた。

「梅吉の話じゃァ、長吉が駕籠屋をあたっているときに殺られちまったらしいんでさァ。それで、駕籠屋をつかんだかどうかはっきりしねえそうで」

「人攫い一味が、駕籠屋が知れるとまずいと思って長吉を始末したのなら、おきくを駕籠で連れ去ったとみていいのではないか」

源九郎が言った。

「旦那の言うとおりだ。あっしらで、駕籠屋をあたってみやすか」

孫六が勢い込んで言った。

「ま、待て。下手に駕籠屋で訊きまわると、長吉の二の舞いだぞ」

浅草寺界隈で駕籠屋のことを訊きまわると危ない、と源九郎は思った。

「なに、分からねえようにやりやすよ。あっしも平太も、八丁堀の旦那の指図を受けている御用聞きじゃァねえ。それとなく探れば、知れやァしねえ」

孫六が、そうだな、平太、と声をかけると、

「孫六親分とうまくやりやす」

と言って、首をすくめた。

「無理をするなよ」

源九郎も、それ以上のことは言えなかった。

そのとき、戸口に近付いてくる下駄《げた》の音がした。聞き覚えのある音である。お熊のようだ。

「旦那、いますか」

腰高障子のむこうで、お熊の声がした。

「入ってくれ」

源九郎が声をかけると、すぐに腰高障子があいた。

「あれ、菅井の旦那や孫六さんもいるよ」

そう言って、お熊が土間に入ってきた。

「お熊、何の用だ」

源九郎が訊いた。

「政吉さんのところに、猪助《いすけ》さんという男《ひと》が来てるんだよ」

「わしは、猪助という男を知らんが……」

源九郎は猪助という名に覚えはなかった。菅井や孫六にも目をやったが、ふたりも知らないらしく首をかしげている。

「猪助さんは深川佐賀《さが》町《ちよう》のひとでね。およしちゃんと同じように娘さんを攫われたらしいんだよ」

「なに、娘を攫われたと」

源九郎の声が大きくなった。

「それでね、およしちゃんのことを耳にしたらしく、政吉さんのところへ様子を聞きにきたらしいよ。……あたしね、ちょうど、政吉さんのところへ行ってたんですよ。それで、猪助さんから話を聞いてね。旦那の耳にも入れておいた方がいいと思って、知らせにきたんですよ」

お熊が土間に立ったまま言った。

「そうか」

源九郎は猪助から話を聞いてみたいと思った。

「あたしと、政吉さんのところへ行くかい」

「ここに連れてきてもらうと、ありがたいのだがな」

源九郎は、菅井たち三人を連れて押しかけるわけにはいかないと思った。かといって、菅井たちを残し、自分だけで行くのも気が引ける。

「話してみるよ」

お熊は、すぐに戸口から出ていった。

しばらくすると、お熊が政吉と見知らぬ男を連れてきた。猪助らしい。三十がらみで、ひどく痩せていた。憔悴《しょうすい》し、顔を苦悩の暗い翳《かげ》がおおっていた。

猪助は戸口から入ってくると、座敷にいた源九郎たち四人を見て、驚いたような顔をした。

「狭いが、上がってくれ」

源九郎が穏やかな声で言った。

猪助は土間に立ったまま戸惑うような顔をしたが、

「気を使うことはないよ。みんないい人でね。いまも、いなくなったおよしちゃんを探すために、ここで相談してたんだから」

お熊がそう言うと、猪助はすこし表情をやわらげて座敷に上がった。

政吉につづいてお熊まで上がってきて、どっかりと座敷に腰を下ろした。狭い座敷に、七人もが腰を下ろしたので、窮屈になったが、座敷から出ようとする者はいなかった。

源九郎は肩をすぼめて座している猪助に、

「娘を攫われたそうだな」

と、静かな声で訊いた。

「へ、へい、半年ほど前《めえ》に、娘は女房に使いを頼まれて家を出たきり帰《けえ》ってこねえんでさァ」

猪助が声を震わせて言った。

「娘の名は」

「お初《はつ》で……」

「お初はいくつになるな」

「十二でさァ」

「十二歳か」

およしとおきくより、ふたつ上だが、同じ年頃とみていい。

「そなたの生業《なりわい》は」

「豆腐屋をやってやす」

猪助によると、深川佐賀町で女房とふたりで豆腐屋をやっているそうだ。

「子供は、お初ひとりか」

「いえ、七つになる太助《たすけ》ってえ倅がいやす」

「そうか。……ところで、お初は器量よしか」

「へい、親のあっしからは言いづれえが、近所で評判の器量よしなんで」

猪助の声がすこし大きくなった。

……同じ筋のようだ。

と、源九郎は胸の内で思ったが、そのことは口にせず、

「お初は駆け落ちではなく、だれかに攫われたのだな」

と、念を押すように訊いた。

「お初は、駆け落ちなんかしねえ。お初は店の手伝いをよくしてくれた子なんでさァ。いなくなったときも、近所で頼まれた豆腐をとどけにいった帰《けえ》りなんで

……」

「それで、八丁堀や土地の親分にも話したのか」

「話しやした」

「何か知れたのか」

「それがまったく。……どこに連れていかれたかも、分からねえんでさァ。ま、まるで、神隠しにでも遭《あ》ったように消えちまったんで」

猪助が声を震わせて言った。

「うむ……」

人攫い一味は、およしやおきくと同じように、お初もうまく連れ去ったようである。

「身の代金の要求はなかったのだな」

源九郎が念を押すように訊いた。

「何も言ってこねえんで」

「長屋のおよしとよく似ている」

そう言って、源九郎が男たちを見まわすと、

「お、およしを攫ったのと、同じやつらの仕業にちげえねえ」

政吉が声を震わせて言った。

「そのようだな」

源九郎がうなずいた。

すると、黙って聞いていた孫六が、

「お初が攫われた後、御用聞きがいろいろ探ったんじゃァねえのかい」

と、身を乗り出すようにして訊いた。

「へい、親分さんたちが娘を探してくれやしたが、どこへ連れていかれたか分からねえんで」

「駕籠の話はでなかったかい」

さらに、孫六が訊いた。

「駕籠ですかい」

「そうだ、駕籠だ。お初がいなくなったとき、駕籠が通りかかったとか、お初が駕籠に乗せられるのを見たとか。そんな話は、耳にしてねえか」

孫六は、おきくと同じようにお初も駕籠に乗せられて連れていかれたのではないかとみたらしい。

「駕籠の話は聞かねえが、舟の話は聞きやした」

猪助が言った。

「舟だと。どんな話だい」

「お初が船寄に下りていくのを見た者がいたんでさァ」

猪助によると、お初がいなくなったのは、油堀沿いの道で近くにちいさな船寄があったという。近くを通りかかった船頭が、お初らしい娘が船寄に下りて行くのを見たそうだ。

「すると、お初は舟でどこかへ連れていかれたのか」

源九郎が訊いた。

「それがはっきりしねえんでさァ。……通りかかった船頭は、娘の後ろ姿を見ただけでしてね。お初かどうかはっきりしねえもんで、親分さんたちもそのままにしておいたようでさァ」

猪助は肩を落とした。

「そうか」

源九郎は、お初は駕籠ではなく、舟を使ってどこかへ連れていかれたような気がしたが、いまとなってはどうにもならないだろう。

次に口をひらく者がなく、座敷が重苦しい沈黙につつまれたとき、

「ち、ちかごろは、近所の者まで、お初は神隠しに遭ったんだから諦《あきら》めろ、なんて言うんでさァ。お初は神隠しに遭ったんじゃァねえ。だれかに連れていかれたんだ」

猪助が声を震わせて言った。

「そうだよ。お初ちゃんは、神隠しに遭ったんじゃァないよ。だれかが、連れていったんだ。そうに決まってるよ」

お熊が涙声で訴えるように言った。お熊はその風貌に似合わず、涙もろいところがあるのだ。

「お願《ねげ》えしやす、お初を連れ戻してくだせえ」

猪助が両手を畳につき、額を押しつけるようにして源九郎たちに頭を下げた。

すると、脇にいた政吉も、

「およしも、お頼みしやす」

と言って、猪助と同じように頭を下げた。

「およしもお初もどこかにいて、家に帰りたがっているはずだ。わしらは、何とか探し出して連れ戻すつもりでいる」

源九郎は、お初を連れ戻すと約束できなかった。まだ、人攫い一味が娘たちを何のために攫ったのかさえ分かっていないのだ。

四

孫六と平太は、浅草東仲町《ひがしなかまち》にいた。東仲町は浅草寺の門前にひろがっているが、孫六たちがいるのは、浅草寺の門前からだいぶ離れた狭い路地だった。路地沿いに料理屋やそば屋などはあったが、小体な店が多く名の知れた老舗《しにせ》の料理屋や料理茶屋はなかった。

ふたりは路地に駕籠清《かごせい》という辻駕籠屋があると聞いて、足を運んできたのである。

「親分、あそこに駕籠屋がありやすぜ」

平太が路地の先を指差して言った。

路地沿いに辻駕籠屋があった。腰高障子に、駕籠清と書いてあった。

「駕籠清で、訊いてみよう」

孫六と平太は辻駕籠屋に足をむけた。

腰高障子をあけると、土間に四つ手駕籠が二挺《ちょう》置いてあった。土間の先が狭い座敷になっていて、駕籠屋の親方らしい男と褌《ふんどし》ひとつの駕籠舁《かき》がふたり、莨《たばこ》を吸っていた。

孫六たちが土間に入ると、

「駕籠かい」

と声を上げ、赤銅色《しやくどういろ》の肌をした大柄な男が勢いよく立ち上がった。孫六たちを客と思ったらしい。

「駕籠じゃアねえんだ。ちょいと、訊きてえことがあってな」

孫六は懐《ふところ》から十手を取り出した。岡っ引きだったころ、使っていた物である。

「親分さんですかい」

恰幅《かつぷく》のいい親方らしい男が煙管《キセル》を手にしたまま言った。口元に薄笑いが浮いた。孫六が年寄りだったからであろう。

「手間は取らせねえ。浅草寺の門前通りで、娘が攫われたのを知ってるかい」

孫六は親方の薄笑いを無視して訊いた。

「聞いているが、神隠しに遭ったと言う者もいやすよ」

そう言うと、親方は手にした煙管を口にし、スッパ、スッパと吸い付けて煙を吐いた。白煙が、眉の濃い親方の顔を撫《な》でながら上っていく。

「そういう噂もあるがな、娘がいなくなったのは、まちげえねえんだ。それにな、駕籠で連れていかれたと言う者もいる。それで、何か耳にしてねえか、聞きにきたのよ」

孫六が言うと、大柄な駕籠舁が、

「その話なら、あっしも聞きやしたぜ。ここには来ねえが、駕籠富《かごとみ》のところに親分さんが、話を聞きにきたそうでさァ」

身を乗り出すようにして言った。

「駕籠富は、どこにあるんだい」

駕籠富のところに聞き込みにいったのは、殺された長吉ではないかと孫六は思った。

「材木町《ざいもくちょう》でさァ」

大柄な駕籠舁は急に眉を寄せ、

「その親分さんは、大川端で殺されたって聞きやしたぜ」

と、孫六を上目遣いに見て言った。

「おれの仲間が殺されたことは知ってるよ」

孫六が顔をしかめた。やはり、長吉である。

「親分さんは、うちの駕籠が娘を攫うのに使われたとみてるんですかい」

親方が煙管を手にしたまま訊いた。

「ここの駕籠とみたわけじゃァねえ。念のため、浅草寺界隈の駕籠屋にはみんな当たっているのよ」

「うちの駕籠じゃァねえ。……梅助《うめすけ》、平吉《へいきち》、そうだな」

親方が、ふたりの駕籠舁に念を押すように言った。駕籠舁の名は、梅助と平吉らしい。

「へい、あっしらふたりは、ちかごろ娘を乗せたことはねえし、仲間からもそんな話は聞いてませんや」

大柄な男が声高に言った。

「どうだ、ふたりは別の駕籠屋の者が浅草寺の門前通りで、十歳ほどの器量のいい娘を駕籠に乗せたって話は聞いてねえか」

孫六が訊いた。

「聞いてねえなァ」

大柄な男が言うと、もうひとりの男も、

「あっしも聞いてねえ」

と言って、首を横に振った。

「ここじゃァねえようだ。……ところで、この近くに他に駕籠屋はあるかい」

孫六が声をあらためて訊いた。

「西仲町《にしなかまち》に、駕籠政《かごまさ》があるよ」

親方が言った。

「他には」

孫六たちは、ここに来る前、駕籠政に立ち寄って話を聞いていたのだ。駕籠政の駕籠もおきくを攫うおりに使われた様子はなかった。

「あとは、材木町の駕籠富かな」

そう言ったとき、親方の口元にまた薄笑いが浮いた。今度は駕籠富に話を聞きにいって殺された岡っ引きのことが、頭をよぎったのかもしれない。

「邪魔したな」

そう言い置いて、孫六は平太を連れて駕籠清を出た。

「親分、どうしやす」

平太が訊いた。

「せっかく、ここまで来たんだ。駕籠富に寄ってみるか」

材木町なら帰りがけに寄ってもそう遠回りにはならない。

「行きやしょう」

孫六と平太は、門前通りの方に足をむけた。

材木町は、吾妻橋《あずまばし》のたもとから北方に大川端沿いにひろがっていた。浅草寺の門前通りの東方である。

平太は気が逸《はや》るのか、足が速かった。

「へ、平太、待て。もうすこし、ゆっくり歩け」

孫六が喘ぎながら言った。長年、岡っ引きで足腰を鍛えた体だが、中風を患ったこともあって左足がすこし不自由なのである。

平太はすぐに歩調をゆるめた。

「足の悪いおれが、おめえの足についていけるわけがねえだろう」

孫六は愚痴《ぐち》を言いながらも立ち止まることなく歩いた。

しばらく歩くと、孫六たちは浅草寺の門前通りに突き当たった。門前通りをそのまま横切り、並木町を経て材木町に入った。

「駕籠富はどこか、訊いてみるか」

孫六は探し歩くより、訊いた方が早いと思った。

「あっしが、向こうからくるやつに訊いてみやす」

前方から、天秤棒で盤台を担いだぼてふりがこちらにやってくる。

平太は足早にぼてふりに近付き、何やら訊いていたが、すぐにもどってきた。

「親分、知れやしたぜ。駕籠富はここから一町ほど先だそうで」

そう言って、平太が先にたった。

五

平太は一町ほど歩くと、路傍に足をとめ、

「この辺りに、そば屋があると言ってやしたぜ」

そう言って、通り沿いに目をやった。

「そば屋なら、そこにある」

孫六が指差した。

孫六と平太が立っている斜《はす》向かいに、小体なそば屋があった。戸口の掛け行灯《あんどん》に「そば処、松島屋《まつしまや》」と書いてあった。

「駕籠富は、そば屋の脇の路地を入ってすぐだそうで」

平太が言った。

見ると、そば屋の脇に路地がある。

平太と孫六は、そば屋の脇に足をむけた。路地の角まで来ると、駕籠富はすぐに知れた。路地を入ってすぐのところに辻駕籠屋があり、店先に四つ手駕籠が置いてあったのだ。

戸口の脇に、駕籠舁がふたりいた。ふたりは、置いてある駕籠の脇にかがみ、煙管で莨をくゆらせていた。

「あのふたりに、訊いてみるか」

孫六が言った。

「へい」

ふたりは、駕籠舁に近付いた。

浅黒い顔をした駕籠舁が、孫六たちを目にとめ、

「爺《じい》さん、何か用かい」

と、小馬鹿にしたような薄笑いを浮かべて訊いた。孫六を年寄りとみて、みくびったらしい。

「ちょいと聞きてえことがあってな」

孫六は男を睨《にら》みつけながら懐から十手を取り出した。

「親分さんで……」

浅黒い顔をした男が首をすくめた。

「ここに、おれの仲間の長吉が、話を聞きにきたはずだがな」

孫六が声をひそめて言った。

「き、来やした」

浅黒い顔をした男が、声をつまらせて言った。顔に不安そうな色が浮いている。もうひとり、ずんぐりした体軀《たいく》の男も顔をこわばらせていた。ふたりとも、長吉が大川端で殺されたことを知っているようだ。

「長吉は、門前通りで攫われた娘のことを訊いたはずだ」

孫六は高飛車な物言いをした。

「へ、へい」

「駕籠に娘を乗せたかどうか、訊いたんじゃァねえのかい」

「そう訊かれやした」

「それで、駕籠富の者が娘を駕籠に乗せたのかい」

孫六はふたりの駕籠舁を見すえ、畳みかけるように訊いた。腕利きの岡っ引きだったころの聞き込みのやり方である。

「あっしらは、娘を駕籠に乗せたことはねえ」

浅黒い顔をした男がむきになって言った。

「まちげえねえな」

孫六はずんぐりした体軀の男に念を押した。

「か、駕籠には乗せねえが、駕籠は貸しやした」

ずんぐりした体軀の男が、声を震わせて言った。

「駕籠を貸しただと」

孫六が聞き返した。

「へい、一刻（二時間）ほど貸してくれれば、二分くれると言われて」

「そいつは、駕籠にだれを乗せると言ったのだ」

孫六の声がさらに荒くなった。

「ひとを乗せるわけじゃァなく、駕籠で運びてえ物があると言ってやした」

「駕籠を借りにきたのは、ひとりか」

「ふたりでさァ」

「どんな男だ」

「若《わけ》え遊び人ふうの男で、竹吉《たけきち》と磯次《いそじ》と名乗りやした」

「竹吉と磯次な」

　おそらく、竹吉と磯次は偽名だろう、と孫六は思った。人攫い一味が、本名を名乗るわけがない。

「それで、駕籠は返しにきたのか」

　さらに、孫六が訊いた。

「へい、駕籠を貸してから一刻ほどして、返しに来やした」

「いま話したことを長吉にも、話したのだな」

「へい、長吉親分は、竹吉と磯次のことをしつこく訊いてやしたが、あっしらはふたりの名しか分からねえんでさァ」

「駕籠を貸した後、竹吉と磯次を見かけたことはねえのかい」

「一度ありやす」

　浅黒い顔をした男が脇から口を挟んだ。

「どこで、見た」

「諏訪町の大川端を、ふたりで何か話しながら歩いてやした」

「何を話していたのだ」

「遠くから見かけただけで、声は聞こえなかったんでさァ」

「そうか……」

竹吉と磯次は、借りた駕籠でおきくを運んだにちがいない、と孫六は確信したが、それから先のことは何も分からなかった。

孫六は長吉の他にだれか聞きにこなかったか訊いたが、駕籠富に来たのは長吉だけだという。

「邪魔したな」

孫六と平太は駕籠富の前から離れた。

「親分、どうしやす」

歩きながら、平太が訊いた。

「今日は、長屋に帰《けえ》るしかねえ」

すでに、陽は西の家並のむこうにまわっていた。いっときすれば、暮れ六ツ(午後六時)の鐘が鳴るだろう。

六

孫六と平太は大川端の道に出た。

陽は沈んでいたが、西の空には夕焼けがひろがっていた。風のない静かな夕暮れ時である。大川の川面は淡い茜色《あかねいろ》に染まり、ゆったりと流れていた。日中は多くの猪牙舟や箱船などが行き交っているのだが、いまは一艘の猪牙舟が見えるだけである。

流れの先に、両国橋が見えた。橋を行き来する人が、胡麻粒《ごまつぶ》のようだった。夕焼けに染まった川面は、両国橋の彼方までつづいている。

大川端の道は、人影がすくなかった。ときおり、浅草寺の参詣客や仕事帰りの出職の職人などが通りかかるだけである。

孫六と平太は、材木町から駒形町へ入った。

「親分、後ろのふたり、大川端へ出たときからいやすよ」

平太が孫六に身を寄せて言った。

孫六はそれとなく後ろを振り返って見た。遊び人ふうの男が、半町ほど後ろを歩いている。ふたりとも手ぬぐいで頰《ほ》っかむりしていた。

孫六の胸に、竹吉と磯次と名乗った男のことがよぎった。孫六は、おれたちを襲う気かもしれねえ、と思った。

そういえば、長吉が殺されたのは、この先の大川端である。

「平太、急ぐぞ」

孫六は足を速めた。左足がすこし不自由だったが、孫六は懸命に歩いた。

平太も足を速めた。平太は駿足《しゅんそく》なので、その気になって走れば、後ろのふたりに追いつかれるようなことはないはずだ。

「お、親分！　後ろのやつら、追ってくる」

平太がうわずった声で言った。

孫六が振り返ると、背後のふたりとの間はつまっていた。ふたりは、急ぎ足で孫六たちに迫ってくる。

「や、やつら、おれたちを狙っているようだ」

孫六が荒い息を吐きながら言った。

「相手は、ふたりだ。お縄にしやすか」

平太が目をつり上げて言った。

背後のふたりは、遊び人ふうだった。平太は十手を見せれば、逃げるとみたのかもしれない。

「やつら、ふたりだけじゃァねえ。どこかに、腕のたつ二本差しがいるはずだ」

孫六は、長吉を斬ったのは腕のたつ武士だと知っていた。その武士が、どこかにいるはずである。

孫六と平太は、小走りになった。

背後のふたりの足は、さらに速くなった。孫六たちとの間が狭まってくる。

「お、親分！　柳の陰に」

平太が前方を指差した。

二町ほど先に、駒形堂が見えた。その手前、大川の岸際に植えられた柳の樹陰に人影があった。まだ、遠方ではっきりしないが、袴姿で大小を帯びていることは知れた。

「で、出てきた！」

平太がうわずった声で言った。

樹陰から武士が通りに出てきた。武士は、こちらに足をむけた。すると、背後から来るふたりが走りだした。

「挟み撃ちにするつもりだ！」

孫六が声を上げた。

「親分、逃げやしょう」

「どこへ、逃げる」

孫六は足をとめた。

左手には大川が流れていた。右手は通り沿いに、町家が並んでいる。逃げ場はない。

「親分、八百屋の脇に路地が！」

平太が叫んだ。

見ると、八百屋の脇に細い路地があった。表通りの方につづいているようだ。

「平太、走れ！」

孫六が走りだした。

平太がつづき、ふたりは路地に飛び込んだ。

平太は駿足だった。すぐに、孫六を追い越した。孫六は、不自由な左足を引きずるようにして走った。

「追ってきた！」

平太が振り返って言った。

遊び人ふうの男がふたり、路地に飛び込んで孫六たちの後を追ってきた。ふたりの背後に、武士の姿も見えた。武士も走っている。

「お、親分、早く！」

平太は、ときどき足をとめて孫六に声をかけた。

「お、おめえ、先に逃げろ」

孫六が喘ぎながら言った。平太ひとりなら、逃げられるとみたのである。

「親分、表通りは、すぐだ」

平太が言った。路地の先に表通りが見えた。そこは浅草寺の門前通りにつづく通りで、人通りが多かった。

……通りまで逃げれば、何とかなる！

孫六は、懸命に走った。

背後のふたりの足は、さらに速くなった。孫六の背後に迫ってくる。

だが、孫六と平太は背後のふたりが十間ほどに近付いたとき、表通りに走り出ることができた。おりよく、旗本らしい武士が、七、八人の供を従えて通りかかった。

孫六と平太は、供を従えた武士の脇を走り、すこし離れてから前に出た。背後を振り返ると、遊び人ふうのふたりは、武士の一行の背後にいた。脇を通って、武士の一行の前に出ようとしている。

孫六と平太は、さらに走った。孫六は苦しそうに喘ぎ声を上げた。足がふらついている。

「親分、もうすこしだ。駒形堂の前まで行けば、何とかなりやす」

平太が励ますように声をかけた。

駒形堂が、すぐ近くに見えた。駒形堂の前には、大勢の参詣客や遊山《ゆさん》客の姿があった。浅草寺からの帰りの客もいるようだ。

孫六は必死になって平太の後ろについた。

孫六と平太は駒形堂の前まで行き、人込みのなかに入ってから背後を振り返った。遊び人ふうのふたりは走るのをやめて歩いていた。ふたりの背後に、柳の樹陰にいた武士の姿が見えた。ゆっくりとした歩調で歩いている。三人は、孫六たちを追うのを諦めたようだ。

「た、助かった」

孫六が喘ぎ声を上げながら言った。

七

「なに、孫六たちが襲われたのか」

源九郎が驚いたような顔をして訊いた。

源九郎の家だった。孫六と平太は襲ってきた三人から逃げた後、人通りの多い奥州街道と両国広小路を通ってはぐれ長屋に帰りついたのだ。

すでに、長屋は夕闇につつまれ、源九郎のいる部屋の行灯には、灯《ひ》が点《とも》されていた。長屋のあちこちから、子供の声、亭主のがなり声、母親が子供を叱る声などが聞こえてきた。長屋はまだ賑やかだった。

「へい、大川端で」

孫六が駕籠富から出た後の経緯をかいつまんで話した。

「長吉を斬ったのは、その武士だな」

源九郎が言った。

「まちげえねえ。やつら、おきくやおよしを攫った一味だ」

「おきくは辻駕籠を使って、どこかへ連れていかれたのだな」

「そうみてやす」

「どこへ、連れていかれたのかな」

「遠い所じゃァねえはずだ。駕籠富の駕籠舁の話じゃァ、駕籠を一刻（二時間）ほどで返しに来たといってやしたからね」

「一刻ほどか」

源九郎も、そう遠くへ駕籠で運んだのではないとみた。駕籠を借り、おきくを攫う場所まで持っていった後で、おきくを襲って駕籠に乗せたはずである。それだけでも、かなりの時間がかかる。

「お初のときは、舟だったな」

源九郎は、駕籠の代わりに舟を使ってお初をどこかに連れていったのだろうとみた。

「舟で大川へ出れば、どこでも連れていけやすぜ」

「そうだな」

江戸は各地に舟で物資を運ぶため、河川や掘割が網の目のように張り巡らされていた。大川からさらに河川や掘割をたどれば、江戸の多くの地に行くことができる。

「旦那、手はありやすぜ」

孫六が目をひからせて言った。いつもとちがって、孫六には生気が漲《みなぎ》っていた。岡っ引きだったむかしに、もどったような顔付きである。

「どんな手だ」

「あっしらを襲った遊び人をつかまえて、吐かせるんでさァ」

「だが、迂闊《うかつ》に動けないぞ。……人攫い一味は、孫六と平太のことを知ったはずだ。どこかで見掛ければ、すぐに襲ってくる」

「……」

孫六が眉を寄せた。

平太は不安そうな顔をして肩をすぼめた。ふたりとも、下手に探索に歩けないと思ったようだ。

「孫六たちだけでなく、茂次と三太郎も狙われるかもしれん」

源九郎の顔を憂慮の翳が覆った。

「そうかといって、長屋に籠《こも》ってたんじゃァ、およしを助け出すことはできねえ」

孫六がつぶやくような声で言った。

「平太、長屋をまわってな、菅井、茂次、三太郎の三人にここに来るように話してくれんか」

源九郎は、菅井たちにも孫六たちが襲われたことを知らせ、あらためて今後どうするか相談しようと思ったのだ。

「承知しやした」

すぐに、平太は腰を上げ、戸口から出ていった。

いっときすると、平太がもどり、つづいて菅井たち三人が顔を見せた。源九郎は菅井たち三人が部屋に腰を落ち着けるのを待ってから、

「孫六、今日の様子をもう一度話してくれ」

と声をかけ、孫六に駕籠富で聞いた話や帰りに三人組に襲われたことなどをあらためて話させた。

「その三人が、長吉を襲ったのではないか」

菅井が顔をけわしくして訊いた。

「わしもそうみている。……みんなに、ここに集まってもらったのは、下手に人攫い一味のことで嗅《か》ぎまわると、長吉の二の舞いになる恐れがあるからだ」

そう言って、源九郎が男たちに視線をまわした。

「浅草には、聞き込みにも行けないということか」

菅井が言った。

「浅草だけではないだろう。本所や深川にも、一味の目がひかっているかもしれん。およしは本所、お初は深川で攫われたのだからな」

まだ、人攫い一味の頭《かしら》の名もつかめないし、一味の者たちの隠れ家がどの地にあるのかも分かっていなかった。浅草で聞き込みにあたるときだけ用心しても駄

目だろう。

「まずいな」

菅井が顔をしかめ、虚空を睨むように見すえた。

男たちが口をとじ、座敷が重苦しい沈黙につつまれたとき、

「そうかといって長屋に籠っていたのでは、一味の思う壺だ。どうだな、今後、浅草や深川に探りに行くときは、わしと菅井がいっしょに行くことにしたら。……いまのところ、腕のたつのは武士ひとりのようだ。わしと菅井がいっしょにいれば、何とかなろう」

源九郎が言うと、

「華町の旦那と菅井の旦那がいっしょなら、どんな二本差しがきても怖かァねえや」

平太が声を上げた。

すると、黙って話を聞いていた菅井が、

「おい、どうせなら、人攫い一味をおびき出して摑《つか》まえたらどうだ」

と、細い目をひからせて言った。

「どんな手を使うのだ」

源九郎が訊いた。孫六や茂次たちの目も、菅井に集まっている。

「だれでもいいが、ふたりで御用聞きのふりをして、孫六たちと同じように浅草の駕籠屋をまわった後、駕籠富に話を聞きに行くのだ。……そして、帰りに大川端を通る」

「とっつァんたちと同じことをやって、人攫い一味をおびき出すのか」

茂次が身を乗り出して言った。

「そうだ。わしと華町は一味に気付かれないようにふたりの跡を尾《つ》け、一味が姿をあらわしたら返り討ちにするのだ」

「そいつはいいや！」

平太が声を上げた。

第三章　探　索

一

「ちょいと、訊《き》きてえことがあるんだがな」

茂次が、駕籠富の店先にいた駕籠舁《かごかき》に声をかけた。

ずんぐりした体軀《たいく》の駕籠舁だった。この男が、孫六たちが話を訊いたとき、駕籠を貸したと話したのである。

「おめえ、御用聞きかい」

男が、面倒臭そうな顔をした。

「そうよ」

茂次は懐《ふところ》から十手を取り出して見せた。孫六に借りてきたのである。

「それで、何が聞きてえんだい」

男は店先に置いてあった四つ手駕籠の先棒に腕をかけ、寄り掛かるような恰好《かっこう》で茂次と三太郎に顔をむけた。

「ここに駕籠を借りにきた男がいるそうだな」

茂次が声をひそめて訊いた。

「また、その話かい。……もう、何度も話したぜ」

男が顔をしかめた。

「おれは、初めてだぜ。駕籠を借りにきた男の名を聞いてるのかい」

「竹吉と磯次だよ」

男はぞんざいな言い方をした。

「竹吉と磯次な。……それで、ふたりの塒《ねぐら》を知ってるかい」

茂次は男の態度を無視して訊いた。

「塒は知らねえ。なにしろ、駕籠を貸したとき初めて会ったんだからな」

「ここに来る前に、駕籠屋をまわっていろいろ訊いたんだがな。素人《しろうと》が、ひとを乗せて担ぐのは、むずかしいそうじゃァねえか」

茂次と三太郎は、事実、駕籠富に来る前に、浅草の辻駕籠屋をまわって話を聞いていた。駕籠を借りた人攫《ひとさら》い一味に、駕籠屋の筋から探っていることを知らせるためである。

「素人じゃァ、すぐに肩が痛くなって音《ね》を上げるぜ」

男が顎《あご》を突き出すようにして言った。

「体の軽い娘を乗せても、遠くまで行くのは無理か」

「無理だな」

すぐに、男が言った。

「素人がひとを乗せて駕籠を担いでいれば、分かるかい」

「分かるな。へっぴり腰で、息杖《いきづえ》もまともに持てねえはずだ」

男が得意そうな顔をした。

「どうだ、おめえたちが駕籠を貸した日に、へっぴり腰で駕籠を担いでいたのを見掛けたやつはいねえかい」

茂次は、駕籠舁仲間で噂してるのではないかと思ったのだ。

「聞いてねえな」

男は首をひねった。

それから、茂次と三太郎は、駕籠を借りにきた遊び人ふうの男の人相や年恰好などを訊いてから駕籠富の店先から離れた。

ふたりは辺りに目を配りながら、細い路地を大川の方へむかって歩いた。

「三太郎、それらしいのはいねえな」

茂次が小声で言った。

茂次たちは人攫い一味をおびき寄せるために、浅草の辻駕籠屋をまわったり、駕籠富で話を聞いたりしたのだ。

「後ろにいるのは、菅井の旦那だけですぜ」

三太郎が言った。

茂次たちの半町ほど後方に、菅井の姿があった。菅笠《すげがさ》をかぶり、顔を隠して歩いている。

「華町の旦那は、菅井の旦那の後ろから来るはずだ」

源九郎は人攫い一味に気付かれないように、菅井の後から来ることになっていた。ふたりいっしょだと、気付かれる恐れがあったのだ。

茂次と三太郎は、大川端に出た。

曇天で、風があった。大川の川面が波立ち、無数の波が川面を刻んでいた。所々で白い波頭がたち、縞《しま》模様のように見えた。

すでに、暮れ六ツ（午後六時）ちかかった。日暮れ時で、荒天を予想させることもあって、大川端の人影はいつもよりすくなかった。ときおり、仕事帰りの職人や船頭などが風に抗するように身を屈《かが》めて通り過ぎていく。

ふたりが材木町から駒形町に入ったとき、

「三太郎、後ろ！」

茂次が三太郎に身を寄せて言った。

三太郎がそれとなく、背後を振り返った。いつ通りにあらわれたのか、遊び人ふうの男がふたり、半町ほど後ろを歩いていた。ふたりとも、手ぬぐいで頬《ほ》っかむりしている。

菅井がふたりから三十間ほど離れたところを、足早に歩いていた。菅井の後方に源九郎らしい武士の姿が見えたが、遠方なのではっきりしなかった。

「足が速くなりやしたぜ」

三太郎がうわずった声で言った。

背後からくるふたりの足が、急に速くなった。茂次たちとの間がつまっている。

「見ろよ、前にもいるぜ」

茂次が前方を睨《にら》むように見すえて言った。

駒形堂の手前、大川の岸際に植えられた柳の樹陰に人影があった。小袖に袴姿で、二刀を帯びていた。武士らしい。

「かかったぞ!」

茂次が目をひからせて言った。後ろのふたりと樹陰にいる武士は、孫六たちを襲った三人とみていい。

茂次と三太郎は足をとめ、川岸とは反対側の路傍に身を寄せた。この場で、後ろからくる遊び人ふうのふたりと柳の陰にいる武士を待つのである。

「出てきた!」

三太郎が声を上げた。

見ると、柳の樹陰から武士がひとり通りに出てきた。茂次たちに、足早に近付いてくる。

武士は大柄だった。三十がらみであろうか。眉《まゆ》が濃く、頤《おとがい》が張っていた。いかつい面構えである。

「後ろのふたり、走ってくる!」

遊び人ふうのふたりは、走りだした。顔は見えなかったが、ひとりは長身だった。もうひとりは、小柄である。

「三太郎、手を出すな」

茂次は菅井と源九郎が駆け付けるまで、自分と三太郎の身を守ろうと思った。

二

茂次は伸び上がるようにして、遊び人ふうのふたりの背後に目をやった。菅井と源九郎が走ってくる。遊び人ふうのふたりと武士は、まだ菅井たちに気付いていないようだ。

茂次は懐から十手を取り出し、

「三太郎、旦那たちが駆け付けるまで、おれの後ろにいろ」

と、声をかけた。菅井と源九郎が駆け付ければ、三人を返り討ちにできる。

遊び人ふうのふたりは、茂次たちの左手から走り寄った。ふたりとも匕首《あいくち》を手にしている。

武士は茂次たちの右手から走り寄り、三間ほどの間をとって足をとめた。そして、ゆっくりとした動きで抜刀した。

武士は刀身をだらりと垂らしたまま、茂次の前にまわり込んできた。茂次を斬るつもりらしい。

茂次はすばやく左手に動いて、武士との間をとった。後ろにいた三太郎も、同じように左手に動いた。左手にいたふたりの男との間がつまったが、ふたりの男は踏み込んでこなかった。茂次たちを、武士にまかせる気らしい。

「てめえらだな！　娘たちを攫ったのは」

茂次が声を上げた。

武士は無言のまま茂次との間合をつめ、刀を八相にとった。低い八相である。柄《つか》を握った両拳を右脇にとり、刀身を立てている。

武士が摺《す》り足で茂次の前にまわりこんできたとき、

「菅井の旦那！」

三太郎が声を上げた。

菅井は武士から十間ほどに迫っていた。総髪が風で流れ、尖《とが》った顎を突き出すようにして走ってくる。左手で刀の鍔元《つばもと》を握って鯉口《こいぐち》を切り、右手で刀の柄を握っていた。居合の抜刀体勢をとったまま武士に迫ってくる。

菅井の背後に、源九郎の姿も見えた。顎が上がり、喘《あえ》ぎながら走ってくる。歳のせいで、走るとすぐに息が上がるのだ。

武士は背後に迫ってくる足音を聞いて振り返った。一瞬、驚いたような顔をしたが、すぐに体を菅井にむけた。

「なにやつ！」

武士が鋭い声で誰何《すいか》した。

「おぬしこそ、何者だ」

菅井は武士から三間半ほどの間合をとって足をとめた。右手で柄を握り、居合腰に沈めて、抜刀体勢をとっている。

「伝兵衛店の者たちか」

武士が声高に訊いた。どうやら、菅井たちが伝兵衛店に住んでいることを知っているようだ。

「問答無用！」

菅井は摺り足で武士との間合をつめ始めた。

「居合か！」

武士は、低い八相にとった。両拳を体の右脇にとり、刀身を立てるように構えている。腰の据わった隙のない構えだった。全身から痺《しび》れるような剣気をはなっている。

……手練《てだれ》だ！

菅井は察知した。

武士の構えには隙がなく、そのまま斬り込んでくるような気配があった。

菅井は寄り身をとめなかった。ジリジリと間合を狭めていく。菅井が一足一刀の斬撃の間境に近付くにつれ、武士の刀の柄を握った両拳がすこしずつ上がってきた。いまにも、斬り込んできそうである。

ふいに、菅井が寄り身をとめた。このまま斬撃の間境に踏み込むのは危険だと察知したのだ。

「こないなら、おれからいくぞ」

武士は菅井を見すえて言い、ふいに一歩踏み込んだ。

瞬間、武士の全身に斬撃の気がはしった。

イヤアッ！

裂帛《れっぱく》の気合と同時に、武士の体が躍った。

低い八相から菅井の鍔元にむかって閃光《せんこう》が横にはしった。籠手《こて》を狙ったらしい。

間髪をいれず、菅井の体が躍り、シャッ、という鞘走《さやばし》るような音がして、閃光が逆袈裟《ぎやくげさ》にはしった。

逆袈裟と籠手への斬撃——。

ふたりの切っ先が、眼前で交差した。

サクッ、と菅井の右袖が裂け、バラリ、と武士の右の袂が垂れた。

次の瞬間、ふたりは大きく背後に跳んで間合をとった。菅井は脇構えにとり、武士はふたたび低い八相に構えた。

菅井と武士の腕に、血の色はなかった。ふたりとも着物を裂かれただけである。

「抜いたな。これで、居合は遣えないぞ」

武士の口許に薄笑いが浮いた。居合は抜刀してしまうと、遣えないことを知っているようだ。

「そうかな」

菅井が武士を見すえて言った。

たしかに、抜刀してしまえば居合は遣えない。だが、菅井は脇構えから居合の呼吸で斬り込むことができる。

「いくぞ！」

武士が声をかけ、間合をつめようとした。

そのとき、ギャッ！ という絶叫がひびき、遊び人ふうの男のひとりが、身をのけ反らせた。源九郎の斬撃をあびたらしい。

男は肩から胸にかけて小袖が裂けていた。赤く傷口がひらき、血が迸《ほとばし》り出ている。男は呻《うめ》き声を上げてよろめき、足がとまると、その場にへたり込んだ。

源九郎は年寄りとは思えない俊敏な身のこなしで、もうひとりの遊び人ふうの男に迫っていた。

男は慌てて後じさり、

「だ、旦那！ 逃げやすぜ」

叫びざま、反転して走りだした。逃げたのは、長身の男である。

これを見た武士は、

「勝負はあずけた」

と言い置き、踵《きびす》を返した。

武士は刀身を引っ提げたまま川沿いの道を南にむかって走った。

「ま、待て！」

菅井は武士の後を追ったが、すぐに足がとまった。武士の足が速く、追いつけそうもなかった。それに、源九郎たちはその場に残っていた。源九郎が斬った男から話を聞くつもりらしい。

三

源九郎、茂次、三太郎の三人は、路傍にへたり込んでいる遊び人ふうの男を取り囲むように立っていた。そこへ、菅井も近付いた。

男は苦しげに顔をしかめ、喘ぎ声を洩《も》らしていた。肩から胸にかけて斬られ、上半身が血に染まっている。

……長くはもたぬ！

と、源九郎はみた。

男の肩から胸にかけての傷は深く、出血が激しかった。布をあてがって押さえたぐらいでは、出血の勢いは収まらないだろう。

「なんという名だな」

源九郎が訊いた。

「……………」

男は顔をしかめたまま上目遣いに源九郎を見たが、何も言わなかった。喘ぎ声を洩らし、身を顫《ふる》わせている。

「いまさら、名を隠してもどうにもならないぞ。それに、いっしょにいたふたりは、おまえを見捨てて逃げたのだ。庇《かば》うことはあるまい」

「ち、ちくしょう……」

男は悔しそうな顔をした。

「おまえの名は」

「と、寅吉《とらきち》……」

男が声をつまらせて言った。寅吉という名らしい。

「いっしょにいた男は」

「勝次郎《かつじろう》でさァ」

寅吉はまた悔しそうな顔をした。自分を見捨てて逃げた勝次郎に、裏切られたような気がしたのだろう。

「武士は」

「松沢勘兵衛《まつざわかんべえ》……」

「松沢は牢人か」

源九郎は松沢の身装《みなり》から牢人ではないような気がしていた。

「ご、御家人の次男坊らしいが……。何年も前《めえ》に、家を出たと聞いていやす」

寅吉は喘ぎながら言った。

どうやら、松沢は御家人の冷や飯食いらしい。家を出て、いまは牢人暮らしをしているのであろうか。

「おまえたちは、船宿の娘のおきくを攫ったな」

源九郎が寅吉を見すえて訊いた。源九郎は、まずおきくの居所を聞き出そうと思った。駕籠に乗せられて攫われたのは、おきくである。

「……」

寅吉は上目遣いに源九郎を見上げたが、何も言わなかった。息が荒くなり、体の顫えが激しくなってきた。

「おきくを、攫ったな」

源九郎が念を押すように訊いた。

寅吉はちいさくうなずいただけで、口をひらかなかった。

「おきくは、どこにいる」

源九郎が語気を強くした。

「し、知らねえ」

「おまえが、知らないはずはない。駕籠富の駕籠を借りて、浅草寺から帰るおきくを襲い、駕籠に乗せて連れ去ったのは分かっているのだ」

「……」

一瞬、寅吉の顔に驚いたような表情がよぎったが、すぐに苦しげな顔にもどった。

「おきくを駕籠に乗せて、どこへ連れていったのだ」

「ちょ、猪牙舟《ちょき》に……」

寅吉が苦しげに顔をゆがめて言った。

「猪牙舟だと、どういうことだ」

「さ、桟橋に、とめてある猪牙舟に……。おきくを乗せて……」

時々、声がつまって、寅吉の言葉がとぎれた。喘ぎ声が激しくなっている。

「おきくを駕籠で近くの桟橋まで連れていき、そこから舟に乗せて別の場所に連れていったのだな」

源九郎が念を押すように訊いた。

「……」

寅吉は答えず、ちいさくうなずいた。

「その舟で、どこへ連れていった」

「し、知らねえ」

寅吉は、ハァハァと荒い息を洩らした。顔から血の気が失《う》せて土気色になっている。

「どこだ！」

源九郎は声を大きくして訊いた。

「し、知らねえ……」

寅吉がそう言った後、急に体の顫えが激しくなった。

突然、寅吉は顎を前に突き出して、グッ、と喉の詰まったような声を洩らした。そして、体が硬直したように見えた次の瞬間、ガックリと首が前に落ちた。

「死んだ……」

源九郎がつぶやくような声で言った。

寅吉は両眼を見開いたまま死んでいた。源九郎、菅井、茂次、三太郎の四人は、呆然《ぼうぜん》として地面に横たわった寅吉に目をやっている。

「もうすこし、聞き出したかったな」

源九郎が残念そうに言った。

「おきくだけでなく、お初も舟で連れていかれたようだ。およしも、舟で連れていかれたのではないかな」

菅井が低い声で言った。

「舟となると、行き先をつきとめるのがむずかしいぞ」

源九郎がけわしい顔をした。舟を使えば、江戸の多くの地に連れていくことができるのだ。

「手はありまさァ。使った舟を探せばいい」

茂次が言った。

「それに、仲間の勝次郎と松沢勘兵衛の名が知れたからな」

寅吉は死んだが、人攫い一味を手繰《たぐ》る手掛かりはある、と源九郎は思った。

「寅吉はどうしやす」

茂次が訊いた。

「ここにおいては通りの邪魔だな。叢《くさむら》にでも引き込んでおくか」

源九郎は、明日にも栄造に寅吉のことを話しておこうと思った。

寅吉の死体を道沿いの叢のなかに運ぶと、

「今日は、このまま長屋に帰ろう」

源九郎が菅井たちに声をかけた。

辺りは濃い夕闇につつまれていた。通りかかる人影は、ほとんどなかった。大川の流れの音だけが、轟々《ごうごう》とひびいている。

四

源九郎たちが寅吉から話を聞いた二日後、源九郎、菅井、孫六、茂次、平太、三太郎の六人は浅草に来ていた。

源九郎は孫六とふたりだけで浅草に来て、勝次郎と松沢のことを聞き込んでみようと思ったのだが、話を聞いた菅井や茂次たちが、「おれも行く」「あっしも、行きやすぜ」などと言い出し、結局六人で行くことになったのだ。

源九郎たち六人が駒形堂の前まできたとき、

「どうだ、ここで、二手に分かれないか」

と、源九郎が言いだした。

六人もで聞きまわることはなかったし、六人いっしょに歩いていると人目につく。松沢や勝次郎が、源九郎たちに気付き何か手を打ってくるかもしれない。

「いいだろう」

菅井が言い、すぐに孫六たちも承知した。

源九郎、孫六、平太の三人がいっしょで、もう一組は菅井、茂次、三太郎ということになった。

「わしらは、浅草寺界隈《かいわい》を探ってみる」

源九郎が言った。

「ならば、おれたちは大川端だな」

菅井が、おきくを舟に乗せた桟橋が分かれば、そこから舟の持ち主が知れるのではないかと言い添えた。

「陽が沈むころに、またここに集まろう」

源九郎がそう言い置き、孫六と平太を連れてその場を離れた。

源九郎は浅草寺の門前通りに入ったところで、

「孫六、勝次郎と松沢の居所をつきとめたいのだが、何か当てはあるか」

と、訊いた。

「当てはねえが……。賑やかな浅草寺界隈で聞きまわっても、埒《らち》があきませんぜ」

孫六が岡っ引きらしい物言いをした。

「どうすればいいな」

ここは、岡っ引きだった孫六にまかせよう、と源九郎は思った。

「勝次郎は、どうみても真っ当な男じゃァねえ。遊び人か地まわりか……。いずれにしろ、寅吉とつるんで遊んでたはずでさァ」

孫六が目をひからせて言った。

「孫六の言うとおりだ。それで、どうする」

源九郎が話の先をうながした。

「浅草寺界隈の遊び人や地まわりに、話を聞くのが早《はえ》えな」

孫六が胸を張って言った。

「それで、話の聞けそうな遊び人か地まわりに心当たりはあるのか」

源九郎には、心当たりがなかった。

「急に、心当たりと言われてもなァ。あっしが、御用聞きをしてたのはむかしのことだし……」

孫六は肩をすぼめた。

「栄造を連れてくれば、よかったか」

栄造は、浅草を縄張にしている岡っ引きだった。栄造なら知っているだろう。

「そうだ！　岡造《おかぞう》がいる」

ふいに、孫六が声を上げた。

「岡造という男は」

源九郎が訊いた。

「あっしが、御用聞きをしてたころ、浅草寺界隈で幅を利かせていた地まわりですがね。五、六年前、足を洗って飲み屋を始めたんでさァ」

孫六によると、岡っ引きをしていたころ、浅草界隈で事件が起きると、岡造に会って話を聞くことがあったそうだ。

「岡造のやっている飲み屋は分かるのか」

「分かりやすが、岡造がまだ生きているかどうか……」

孫六は、岡造が飲み屋を始めたころ何度か店に立ち寄ったことがあるが、その後は会っていないという。

「ともかく行ってみよう」

頼りない話だが、当てもなく聞きまわるよりはいいだろう。

「たしか、三間町《さんげんちよう》だったはずだな」

孫六は浅草寺の門前通りをいっとき歩いた後、左手の通りに足をむけた。そこは駒形町だったが、すぐに三間町に入った。

「どこだったかな、岡造の店は。たしか、斜向《はす》かいに料理屋があったな」

孫六は通りの左右に目をやりながら歩いていたが、

「訊いた方が早《はえ》えな」

と言って、こちらに歩いてくるふたり連れの男に目をやった。ふたりとも職人ふうの男だった。

「ちょいと、すまねえ」

孫六がふたりに声をかけた。

「なんでえ、爺《じい》さん」

若い男が、つっけんどんな物言いをした。

孫六は、ムスッとした顔をしたが、すぐに表情を変え、

「この辺りに、いい料理屋があると聞いてきたんだが、知ってるかい」

と、おだやかな声で訊いた。

「なんてえ、料理屋だ」

もうひとりの背のひょろりとした男が訊いた。

「それが、名は忘れちまったんだ。たしか、店の脇に松の木があったな」

「ああ、吉松屋《よしまつや》か。……この先だよ」

ひょろりとした男が、吉松屋は二町ほど歩くと右手にあると言い添えた。

「そうかい、手間をとらせたな」

孫六はふたりから離れた。

言われたとおり二町ほど歩くと、老舗《しにせ》らしい料理屋があった。店の脇で、松が店の軒先近くまで枝を伸ばしていた。

「あの店だ」

孫六が吉松屋の斜向かいにある小体《こてい》な店を指差した。

軒先に赤提灯《あかちょうちん》がぶらさがっていた。縄暖簾《なわのれん》が出ている。飲み屋らしい。

「旦那、せっかくだ。一杯やりながら話を聞きやすか」

孫六がニンマリして言った。

「飲んでもいいが、岡造がいたらだぞ」

源九郎が念を押すように言った。岡造がいないのに、酒だけ飲んで帰るわけにはいかない。

「分かってますよ」

孫六はニヤニヤしながら飲み屋に足をむけた。

五

縄暖簾の出た店先まで行くと、男の濁声《だみごえ》が聞こえた。客であろうか。ふたりで、何か話しているようだ。

「ごめんよ」

孫六が先に縄暖簾をくぐり、源九郎と平太がつづいた。

土間に飯台がふたつ置かれ、奥の飯台で男がふたり酒を飲んでいた。ふたりとも職人ふうだった。ふたりは店に入ってきた源九郎たちを見て、訝《いぶか》しそうな目をした。年寄りの町人と武士、それにいかにもはしっこそうな若い男。ふたりの目には、奇妙な三人組に見えたのだろう。

「だれか、いねえかい」

孫六が声をかけた。

すると、下駄《げた》の音がし、浅黒い顔をした初老の男が姿を見せた。前だれをかけ、汚れた手ぬぐいを肩にひっかけていた。色が浅黒く、目がギョロリとしていた。頬に傷があった。喧嘩でもしたとき、刃物で切られたものだろう。

「岡造、おれだよ。孫六だ」

「おお、番場町の、久し振りだな」

岡造が、相好をくずした。

「今日は、長屋の者といっしょだ。……一杯、飲ませてくれねえか」

「いいとも」

「奥を使わせてもらえねえかな」

孫六が意味ありそうな目をむけた。以前、岡っ引きだったころ、孫六は店に客がいるときは、奥の小座敷で岡造から話を聞いていた。客の前で、捕物の話はできなかったからだ。小座敷といっても、岡造と女房が居間に使っている座敷で、客を入れることは滅多になかった。

「いいよ。散らかってるが、使ってくんな」

岡造は、土間のつづきにある小座敷に源九郎たち三人を連れていった。

薄暗い小座敷だった。火鉢や行灯《あんどん》があり、隅に置かれた衣桁《いこう》には小袖や帯などがかけてあった。

「酒を頼む。肴《さかな》は見繕ってくんな」

孫六が岡造に頼んだ。

源九郎たちが小座敷でいっとき待つと、岡造と四十がらみと思われるでっぷり太った女が酒と肴を運んできた。女は岡造の女房らしい。

肴はたくわんの古漬けと冷奴、それに鰯《いわし》の煮付けだった。煮魚のいい匂いがした。

孫六は女が座敷から出るのを待ち、猪口《ちよく》の酒で喉を潤してから、

「岡造に、聞きてえことがあってな。相生町から足を運んできたのよ」

と、小声で言った。

源九郎と平太は黙ったまま、鰯の煮付けをつついている。

「御用聞きの足を洗ったと聞いてるぜ」

岡造が、上目遣いに孫六を見て言った。その顔に、地まわりらしい表情が浮いたが、すぐに消えた。

「お上の仕事じゃァねえんだ。おれたちが住んでる長屋の娘が、急にいなくなっちまってな。神隠しに遭《あ》ったなんていうやつもいるが、人攫いに攫われたらしい。……娘の親が可哀相で見てられねえのよ。それで、長屋に住むおれたちが、娘を探してやろうということになってな、こうして来たわけよ」

孫六が源九郎と平太に目をやりながら言った。ふたりは、黙って、孫六と岡造のやり取りを聞いている。

「おれも、浅草寺の近くで娘が攫われたってえ話は耳にしたぜ」

岡造が小声で言った。

「そいつは、都合がいいや」

「それで、何を聞きてえんだい」

「人攫い一味が、三人だけ知れたのよ」

孫六が声をひそめて言った。

「さすが、親分だ。歳を取っても、そこらの御用聞きとはちがうな」

岡造が感心したような顔をした。

孫六は照れたような顔をしたが、すぐに真顔になって、

「娘を攫った一味には、寅吉と勝次郎というやつがくわわっていた。ふたりの名を聞いたことがあるかい」

と、声をあらためて訊いた。

「寅吉と勝次郎なァ……」

岡造は首をかしげて、記憶をたどるような顔をした。

「ふたりは、浅草寺界隈で幅を利かせていた遊び人とみてるんだ」

さらに、孫六が言った。

「あいつらかな」

岡造が、孫六に顔をむけた。

「覚えがあるのかい」

「寅吉は、田原町《たわらまち》に塒があるかもしれねえ」

岡造によると、半年ほど前、浅草寺界隈で幅を利かせていた遊び人が、些細《ささい》なことで浅草寺に遊山《ゆさん》にきた若い男と喧嘩になり、怪我をさせたという話を耳にしたという。

「そいつの名が、寅吉だったな」

岡造が言い添えた。

「寅吉とつるんでる勝次郎は知らねえかな。……いや、寅吉は死んじまってな、寅吉の塒が分かってもあまり役にたたねえ」

「寅吉は、死んじまったのかい」

岡造が驚いたような顔をした。

「ああ、それで勝次郎のことが知りてえのよ」

「寅吉とつるんで遊んでる男の名は知らねえが、ふたりで並木町にある吉浪屋《よしなみや》から出てくるのを何度か見かけたことがあるな」

岡造が言った。

「吉浪屋は、女郎屋かい」

孫六は並木町に吉浪屋という女郎屋があるのを知っていた。

「そうよ」

「吉浪屋に手蔓《てづる》はねえかい」

「吉浪屋に、安次《やすじ》ってえ妓夫《ぎゆう》がいる。そいつに聞けば分かるかもしれねえ。おれに聞いてきたと言えば、話してくれるはずだぜ」

妓夫は私娼の客引きと用心棒をする男だが、女郎屋などの店先にもいて、同じように客引きと用心棒をしている。

「安次に聞いてみよう」

孫六が言うと、それまで黙っていた源九郎が、

「おまえも、一杯やらんか」

と言って、銚子を岡造にむけた。

それから、源九郎たちは半刻（一時間）ほど飲んで、飲み屋を出た。吉浪屋に行って話を聞いてみようと思ったのである。

六

「旦那、いやすぜ」

孫六が女郎屋を指差した。

店先の妓夫台に、男がひとり腰を下ろしていた。弁慶格子《べんけいごうし》の小袖を裾高に尻《しり》っ端折《ぱしょ》りし、豆絞りの手ぬぐいを肩にひっかけていた。

「今度は、わしが訊いてみよう」

源九郎が言った。

「あっしが、やつを呼んできやしょうか」

「そうだな、店の脇で待っていよう」

源九郎は、店の前で話を聞くことはできないと思った。

そこは、浅草寺の門前通りだった。大勢の参詣客や遊山客が行き交っている。店先で立っていたら、通行人の邪魔になる。

源九郎と平太が路傍でいっとき待つと、孫六が妓夫を連れてきた。三十がらみと思われる、いかにも妓夫らしいいかつい顔の主だった。

「安次か」

すぐに、源九郎が訊いた。

「へい、旦那は、岡造兄いのお知り合いだそうで」

安次が上目遣いに源九郎を見ながら訊いた。孫六が話したようだが、信用していないようだ。

「知り合いといっても、たいしたかかわりはないのだ。……二年ほど前にな、岡造の店で酔った男が、何が気に入らなかったのか刃物を手にして暴れだしたことがある。たまたま店の前を通りかかったわしが、そいつを取り押さえた。その後、店に立ち寄って一杯やるようになったのだ」

「そうですかい」

安次の顔から不審そうな表情が消えた。源九郎が口にした作り話を信用したらしい。

「実はわしが世話になっている店の娘のことで、訊きたいことがあるのだ。岡造から、安次なら知っている、と言われて来たのだ」

「話してくだせえ」

「知り合いの娘が、浅草寺にお参りにきて、若い男に声をかけられてどこかに連れていかれたのだ。その若い男が、勝次郎らしい」

源九郎はおきくの名は出さなかった。安次に話す必要はないと思ったのだ。

「野郎の、やりそうなことだ」

安次が顔をしかめて言った。

「なんとか、娘だけでも連れて帰りたいと思ってな。それで、勝次郎を探しているのだ」

「やつの塒は知らねえが、情婦《いろ》の居所は知ってやすぜ」

「どこかな」

源九郎は、情婦のところに勝次郎が姿を見せたとき、捕らえるか尾行するかすればいいと思った。

「西仲町にある小料理屋でさァ」

「情婦の名は」

「女将《おかみ》のおとしで」

安次によると、小料理屋の名は「美鈴《みすず》」で、笹邑《ささむら》という老舗のそば屋の脇にあるという。

「くわしいな」

「一度、美鈴を覗《のぞ》いたことがあるんでさァ」

安次が薄笑いを浮かべて言った。

源九郎たちは、安次に礼を言って、その場を離れた。

「美鈴にいってみやすか」

孫六が言った。

「そうだな、まだ陽が沈むまでには間があるな」

源九郎は西の空に目をやって言った。

陽は西の空にまわっていたが、沈むまでには一刻（二時間）ほどあるだろう。

西仲町にまわって、美鈴を確かめることはできそうだ。

源九郎たちは西仲町に入ると、まず土地の者に笹邑がどこにあるか訊いた。笹邑のことを知っている瀬戸物屋のあるじが、浅草寺門前の広小路に出る表通りを五、六町歩くと、通りの右手にある二階建ての店だと教えてくれた。

「そば屋にしては、大きな店でしてね。行けばすぐに分かりますよ」

あるじは、そう言い添えた。

源九郎たちはあるじに教えられたとおり、表通りを五町ほど歩いた。

「華町の旦那、あそこにそれらしい店がありやすぜ」

平太が前方を指差して言った。

通りの右手に、二階建ての店があった。大きな店でそば屋というより、料理屋といった感じがした。

店の前まで行くと、戸口にある掛け行灯に「そば処、笹邑」と記してあった。

「笹邑の脇にあるのが、美鈴ですぜ」

孫六が小声で言った。

小体だが、小料理屋らしい洒落《しゃれ》た感じがした。戸口は格子戸で、藍染《あいぞ》めの暖簾が下がっていた。

源九郎たちは通行人を装って、美鈴の店先まで行ってみた。戸口に近付くと、店のなかで話し声が聞こえた。男と女の声と分かったが、話の内容までは聞き取れなかった。

源九郎たちはそのまま店先を通り過ぎた。

「どうしやす」

歩きながら、孫六が訊いた。

「今日のところは、これまでだな」

源九郎が西の空に目をやって言った。

陽は西の家並のむこうにまわっていた。すぐにもどらないと、暮れ六ツ（午後六時）までに駒形堂の前まで行き着かないだろう。

　源九郎たちが駒形堂の前までもどったのは、暮れ六ツの鐘が鳴ってからだった。菅井たち三人は、堂の前で待っていた。

「すまん、遅れてしまった」

　源九郎が菅井たちに詫びた。

「歩きながら、話すか」

　菅井が渋い顔をして言った。だいぶ、待ったようだ。

「そうだな」

　源九郎たちは、人通りのある奥州街道を南にむかうことにした。

　源九郎たちが奥州街道を歩きだしたとき、駒形堂の脇にふたつの人影があった。勝次郎と松沢だった。

「おれたちを襲ったのは、あいつらだな」

　松沢が源九郎たちの後ろ姿を見すえて言った。

「寅吉は、やつらに殺《や》られちまったんだ」

　勝次郎の顔に憎悪の色があった。

「それに、やつらは、まだおれたちのことを探っているようだぞ」

「このままだと、あっしらも寅吉の二の舞いですぜ」

「始末するしかないな」

松沢の声に強いひびきがくわわった。

「跡を尾《つ》けてみやすか」

「そうだな。やつらのかえりの道筋だけでも見ておくか。勝次郎、先に行け。おれは、後ろから行く」

「へい」

勝次郎は駒形堂の脇から奥州街道に出た。源九郎たちから間をとり、通行人を装って尾けた。

勝次郎の後ろから、松沢も源九郎たちに目をやりながら尾けていく。

七

「それで、華町たちは何か知れたのか」

歩きながら、菅井が訊いた。

「うまく行けば、勝次郎の居所が分かるかもしれんぞ」

まんで話した。

源九郎が、勝次郎の情婦が女将をしている小料理屋をつきとめた経緯をかいつ
「勝次郎をつかまえれば、一味のことが知れそうだな」

菅井が言った。

「つかまえずに、泳がせて仲間の居所をつかむ手もある」

源九郎は、美鈴を見張り、勝次郎が姿をあらわすのを待とうと思った。

「それで、菅井たちは何か知れたのか」

源九郎が菅井に顔をむけて訊いた。

「おきくを乗せた舟が分かったよ」

菅井がこともなげに言った。

「なに！　舟が分かっただと」

源九郎の声が大きくなった。そばを歩いていた孫六たちの目が、いっせいに菅井にむけられた。

「諏訪町にある船宿、松崎屋《まつざきや》の舟だ」

「それで、おきくがどこに連れていかれたか知れたのか」

源九郎が勢い込んで訊いた。

「分からん」

菅井が素っ気なく言った。

「舟の船頭に訊かなかったのか」

舟の船頭に訊けば、分かるはずである。

「船頭にも、松崎屋のあるじにも訊いたがな。おきくがどこに連れていかれたか、分からないのだ」

「どういうことだ」

「駕籠と同じ手だよ」

菅井が松崎屋の船頭から聞いた話によると、遊び人ふうの男と船頭らしい男が桟橋に来て、舟を一刻（二時間）ほど貸してくれれば、二分払うと言われ、古い猪牙舟を一艘貸したという。

「その舟に、おきくを乗せたようだ」

菅井が言い添えた。

「舟の行き先は、分からないのか」

すぐに、源九郎が訊いた。

「分からないそうだ」

「うむ……。だが、見ず知らずの者に、よく舟を貸したな」

二分で、猪牙舟を持ち逃げされたら元がとれないだろう。

「それが、痛んでいる古い舟でな。ちかいうちに処分するつもりだったらしい。返さなくてもいいと思って、貸したそうだよ」

「事前に借りる舟まで、見ておいたのだな」

「そうみていいな」

「一筋縄ではいかないやつらだ」

「うむ……」

人攫い一味は、その後の町方の探索も考え手を打っているようだ。

「それに、もうひとつ気になることがあるのだ」

菅井が源九郎に身を寄せて言った。

「何だ、気になることとは」

「松崎屋の船頭の話だと、舟を借りにきた船頭ふうの男は、舟の扱いに慣れていてな。素人ではないと言っていたぞ」

「すると、船頭は寅吉でも勝次郎でもないということだな」

寅吉と勝次郎は、遊び人で船頭ではなかった。

「別の仲間が、もうひとりいるということになる」

「松沢、寅吉、勝次郎、それに船頭ふうの男か。……まだ、他にも仲間がいるとみなければならないな」

源九郎は、松沢が一味の頭目とは思えなかった。頭目が別人で、娘たちを監禁している場所にも仲間がいるとすれば、人攫い一味はかなりの人数になる。

「厄介《やっかい》な相手だな」

菅井が眉を寄せた。

「だが、何としてもおよしやおきくを連れもどさねばならない」

源九郎は、いずれ栄造を通して町方を動かすしかないと思った。

そんなやりとりをしている間に、源九郎たちは浅草橋を渡って、両国広小路に出た。日中は賑やかな広小路も、いまは濃い夕闇につつまれ、人影はまばらだった。酔客や夜鷹そば、遅くまで仕事した職人ふうの男などが通り過ぎていく。

源九郎たちの背後を勝次郎と松沢が尾けていたが、ふたりが距離を置いていたこともあり、源九郎たちは気付かなかった。


はぐれ長屋につづく路地木戸が見えてきたとき、

「だれかいやすぜ」

と、平太が言った。

路地木戸の前に人影があった。助造と忠助らしい。ふたりは、源九郎たちの姿に気付くと、走ってきた。

「どうした」

源九郎が訊いた。

「だ、旦那、久助《きゆうすけ》ってえ男が来てやす」

助造がうわずった声で言った。

「久助な、……長屋の者ではないな」

源九郎は久助という名に覚えがなかった。菅井たちに目をやると、だれも知らないらしく首をひねっている。

「久助という男は、何の用で来たのだ」

「攫われたおよしらしい娘が、舟に乗せられるのを見かけたそうでさァ」

「なに、およしらしい娘の姿を見掛けたと」

思わず、源九郎が聞き返した。

「へ、へい、久助は長屋の娘が攫われたと聞いて来たと言ってやした」

「どこにいる」

「華町の旦那の家に」

助造によると、お熊とおまつが久助から話を聞き、ともかく源九郎に会ってもらうつもりで、源九郎の家に案内したという。

「旦那たちが帰ってこねえんで、みんな気を揉《も》んでやした」

助造が言った。

「分かった。すぐに、行く」

源九郎たちは、小走りに路地木戸をくぐった。

源九郎の家の腰高障子が明らんでいた。だれか、行灯に火を点《つ》けたらしい。お熊であろう。

腰高障子をあけると、座敷に三人座っていた。お熊とおまつ、それに、三十がらみと思われる陽に灼《や》けた浅黒い顔をした男である。船頭の久助であろう。

「旦那たちが帰ってきたよ」

お熊が土間から入ってきた源九郎たちを見て声を上げた。

「大勢だねえ」

おまつは、驚いたような顔をした。

土間から入ってきたのは、八人もの男だった。浅草に出かけた源九郎たち六人に、助造と忠助もくわわったのだ。

「あたしらは、お茶を淹《い》れようかね」

お熊が言うと、おまつも立ち上がった。源九郎たちが座敷に上がると、自分たちの座る場がないと思ったようだ。

源九郎たち六人は、座敷に上がった。いっしょに入ってきた助造と忠助も遠慮して、お熊たちといっしょに出ていった。

源九郎は久助の前に腰を下ろすと、

「わしは、華町源九郎ともうす者でな、みたとおりの隠居暮らしじゃ」

と言って、笑みを浮かべた。

菅井たち五人は、久助から間をとって土間を背にして座った。

久助が名乗った後、源九郎が、

「娘が、舟に乗せられるのを見たそうじゃな」

と、声をあらためて訊いた。

「へい、あっしは船宿の船頭をしてやすが、一ツ目橋のちょいと先にある桟橋で、娘がふたりの男に無理やり舟に乗せられるのを見たんでさァ」

久助によると、舟に客を乗せて竪川を通りかかったとき、娘が舟に乗せられるところを目にしたという。

「一ツ目橋近くの桟橋か」

その桟橋は、およしが煮染《にしめ》を買いにいった増川屋から一番近い場所にあった。人攫い一味は、その桟橋までおよしを連れていったのかもしれない。

「その娘の年恰好は、どれほどに見えた」

源九郎が訊いた。

「十歳ほどに見えやした」

「およしかもしれんな。それで、ふたりの男が娘を舟に乗せたのだな」

源九郎が念を押すように訊いた。

「へい、遊び人ふうの男でさァ。それに、船頭がひとりいやした」

「すると、三人か」

源九郎は、寅吉と勝次郎、それにおきくを攫ったときにいた船頭ではないかと思った。

「三人のなかに、見覚えのある男はいたかな」

さらに、源九郎が訊いた。

「見覚えのあるやつは、いやせん」

「舟は、どちらにむかったか分かるか」

「へい、大川の方へむかいやした」

久助は通り過ぎてからも気になって、何度も振り返って見たという。娘を乗せた舟は、すぐに桟橋を離れ、大川の方へむかったそうだ。

源九郎と久助のやり取りがとぎれたとき、

「その舟は、痛んだ古い舟ではないか」

と、菅井が訊いた。

「古い舟には見えなかったなァ」

久助が言った。

「別の舟か」

菅井がつぶやくような声で言った。おきくを乗せた舟とは、別の舟のようである。

それから、源九郎たちは舟に乗っていた船頭のことも訊いたが、久助は知らない男だと答えた。

そんなやりとりをしているところに、お熊とおまつが茶道具を持ってきた。

源九郎たちは久助といっしょに、お熊とおまつが運んできた茶を飲んだ後、

「よく、知らせにきてくれた」

そう言って、源九郎が一朱銀をお捻《ひね》りして久助に渡した。わざわざ長屋に知らせにきてくれた礼である。

「おれと茂次で、久助を途中まで送っていく」

菅井が茂次とふたりで、久助を途中まで送っていった。

お熊が座敷に残された湯飲みを片付けながら、

「華町の旦那、およしちゃんが帰ってくるといいね」

と、しみじみと言った。

おまつは湯飲みを手にしたまま涙ぐんだ顔をしてうなずいた。

第四章　極楽屋敷

一

孫六と平太は、そば屋の前の瀬戸物屋の脇にいた。そこから、斜前にある美鈴の店先を見張っていたのである。

孫六たちのいる所は、瀬戸物屋と下駄《げた》屋の間にある狭い空き地だった。椿がこんもりと枝葉を茂らせていたので、その陰に身を隠していたのだ。

すでに、暮れ六ツ（午後六時）を過ぎていた。孫六たちがこの場にきて一刻（二時間）ほどになるが、勝次郎らしい男は姿を見せなかった。

美鈴は灯《ひ》が点《とも》っていた。格子戸から、かすかに灯の色が見える。店には客が何人かいるはずだった。孫六たちがこの場に来てからも、四人の客が店に入った。

ただ、勝次郎も松沢も姿を見せなかった。

「勝次郎は、こねえなァ」

平太が生欠伸《なまあくび》を嚙み殺して言った。

「平太、すこし通りを歩いてこい。狭いところで、長く凝《じっ》としてるのは辛《つれ》え。張り込みは辛抱が大事《でえじ》だが、まだおめえは慣れてねえからな」

孫六が、年季の入った岡っ引きらしい物言いをした。

「あっしは、まだなんでもねえ。親分こそ、どこかで一服してきてくだせえ」

平太が言った。

「暗くなったら、今日のところは帰《けえ》ろうか。なに、長丁場は覚悟してるんだ。明日、出直せばいい」

孫六がそう言って、腰を擦《さす》ったときだった。

平太が身を乗り出すようにして、

「やつかもしれねえ」

と、声を殺して言った。

孫六は腰から手を離し、椿の葉叢《はむら》の間から通りを見た。

遊び人ふうの男が歩いてくる。長身だった。棒縞《ぼうじま》の小袖を裾高に尻《しり》っ端折《ぱしょ》りし、雪駄《せった》の音をちゃらちゃらさせている。

「勝次郎だな」

孫六は、茂次から、逃げた勝次郎は長身だと聞いていたのだ。

遊び人ふうの男は、美鈴の店先で足をとめると、辺りを警戒するように左右に目をやってから格子戸をあけた。

「まちげえねえ。勝次郎だ」

平太が昂《たかぶ》った声で言った。

「やっと姿を見せたか」

「親分、どうしやす」

「どうするって、やつが店から出るのを待って跡を尾《つ》けるのよ。おれたちは、やつの塒《ねぐら》をつきとめるために、ここに張り込んでるんだぜ」

源九郎や菅井がいっしょにいれば、勝次郎を捕らえることもできるが、孫六と平太だけでは、無理である。

「いつ出てくるか、分かりませんぜ」

「やつは、店に泊まらねえだろう。いっときもすれば、出てくるはずだ。……平太、腹はへらねえか」

泊まるようなら、明日ふたたびここに来るしかないが、勝次郎は泊まらない、と孫六はみたのである。

「へりやした」

平太が腹を押さえて言った。

「ヘッへへ……。こうなると読んでな、握りめしを持ってきたんだ」

孫六は腹に巻いていた風呂敷の包みをとった。

「お、親分が、握ったんですかい」

平太が驚いたような顔をして訊《き》いた。

「おれじゃァねえ。今夜は遅くなると言ったらな、おみよが酒を飲みに行くのかって訊いたのよ。それでな、おれは、酒じゃねえ、およしを助けるために、平太と夜通し張り込みをするんだと言ってやったんだ。……そしたら、おみよが握りめしを作るから持っていけと言ってな。おれはいらねえと断ったのに、ふたり分も握ったのよ」

孫六は嬉しそうに目を細めた。所帯をもって久しい娘が、自分のために握りめしを作ってくれたことが嬉しいらしい。

「さァ、喰《く》ってくれ」

「いただきやす」

孫六と平太は椿の枝を折って地面に敷き、そこに腰を下ろして握りめしを頬ばった。

「酒があれば、言うことはねえんだがな」

孫六は酒を飲みたくなったが、我慢することにした。

それから一刻（二時間）ほど経ったろうか。夜もだいぶ更けて、路地沿いのそば屋や飲み屋などが灯を落とし始めたころ、美鈴の格子戸があいてだれか出てきた。

「親分、やつだ！」

平太が声を殺して言った。

戸口に姿をあらわしたのは、ふたりだった。勝次郎と女将《おかみ》である。ふたりは戸口で何やら話していたが、勝次郎が女将の肩先をたたいて店先から離れた。

勝次郎は夜陰につつまれた通りに出た。そして、浅草寺の門前とは反対方向にむかった。

「尾けるぜ」

孫六が先に椿の樹陰から出た。

すぐに平太がつづき、ふたりは勝次郎の跡を尾け始めた。辺りは夜陰につつまれていたが、頭上に月が出ていたので、勝次郎の姿を見失うようなことはなかった。

勝次郎は酔っているのか、腰をふらつかせて歩いていく。西仲町から三間町に入り、しばらく歩いてから左手の路地に足をむけた。そこは、三間町の南側の福《ふく》川町《かわちょう》だった。浅草寺から離れたせいもあり、料理屋や料理茶屋などは見かけなかった。小体《こてい》な店や仕舞屋《しもたや》などが多いようだ。

「親分、走りやす」

言いざま、平太が走りだした。勝次郎が路地に入り、その姿が見えなくなったからだ。

「やつの足には、かなわねえ」

孫六は苦笑いを浮かべて足を速めた。

孫六が路地の角まで行くと、平太が、

「そこに、勝次郎が」

と声を殺して言い、路地の先を指差した。

三十間ほど先だろうか。ちょうど、勝次郎が路地木戸からなかに入るところだった。木戸の先は長屋らしい。

勝次郎の姿が消えると、孫六と平太は足音を忍ばせて路地木戸に近付いた。木戸の先に、長屋らしい建物が夜陰に霞んで見えた。辺りは静寂につつまれ、人声は聞こえてこなかった。

「ここが、やつの塒だな」

孫六が低い声で言った。

「親分、どうしやす」

「今夜は、これまでだ。明日、出直そう」

孫六は、出直して近所で勝次郎のことを聞き込んでみようと思った。

二

「勝次郎の塒が知れたか!」

源九郎が声を上げた。

そこは源九郎の家だった。孫六と平太が来て、勝次郎の塒が知れたことを話したのだ。

「へい、やつは福川町の清兵衛店《せいべえだな》に独りで暮らしていやす」

孫六が聞き込んだことによると、勝次郎は女房らしい女とふたりで清兵衛店に住んでいたが、半年ほど前、女は流行病《はやりやまい》で亡くなったという。孫六と平太が勝次郎の跡を尾けた翌日の夕暮れ時だった。孫六たちは、今朝あらためて福川町に出かけ、勝次郎のことを聞き込んだのだ。

「さすが、孫六と平太だ。やることが早い」

源九郎が感心したように言うと、

「それほどでもねえや」

孫六が目尻を下げて、照れたような顔をした。

「それで、どうしやす」

平太が訊いた。

「勝次郎を捕らえよう。およしたちの居所をしゃべらせるのだ」

「いつやりやす」

孫六が身を乗り出した。

「早い方がいいが、今夜というわけにはいかないな。明日の夕方はどうだ」

源九郎は、日中長屋に大勢で押し込んで勝次郎を捕らえれば、大騒ぎになるとみた。人攫《ひとさら》い一味にも知れ、勝次郎をはぐれ長屋に連れてきて訊問する間に、逆に襲われるかもしれない。

「菅井の旦那たちにも、知らせやすか」

孫六が訊いた。

「むろんだ。六人総出だな」

勝次郎を始末するだけなら、ここにいる三人でもよかったが、勝次郎を殺さずに捕らえて、はぐれ長屋まで連れてこなければならなかった。

「あっしと平太で、菅井の旦那たちに知らせやすぜ」

「頼む」

孫六と平太は、それから小半刻（三十分）ほど、清兵衛店や付近の様子などを話してから源九郎の家を出た。

翌日の昼頃、源九郎が朝炊いためしの残りを湯漬けにして食っていると、菅井、茂次、平太の三人が姿を見せた。

「華町、いまごろめしを食っているのか」

菅井が呆《あき》れたような顔をして言った。

「そう慌てるな。すぐ、すむ」

源九郎は、丼《どんぶり》の湯漬けを慌てて掻き込んだ。

源九郎は湯漬けを食い終え、腰に大小を帯びると、

「さて、行くか」

菅井たちに声をかけて、戸口から出た。

「孫六と三太郎は」

茂次が訊いた。

「朝のうちに、出かけやした」

平太が言った。

孫六と三太郎は、清兵衛店の勝次郎を見張るために朝早く、はぐれ長屋を出たのだ。平太を長屋に残したのは、源九郎たちを清兵衛店に案内するためである。

源九郎たちは平太の先導で、福川町まで来た。しばらく通りを歩いた後、平太は路傍に足をとめ、

「そこの路地を入るとすぐでさァ」

と言って、前方を指差した。

板塀をめぐらせた仕舞屋の脇に細い路地があった。

平太は路地の角まで源九郎たちを連れていくと、

「親分を呼んできやす」

と言い残し、路地に入った。

いっときすると、平太が孫六を連れてもどってきた。

「勝次郎はいるか」

すぐに、源九郎が訊いた。

「いやす、ひとりでさァ」

「まだ、すこし早いな」

陽は西の空にまわっていたが、夕暮れ時は、だいぶ先である。

「どうしやす」

「長屋の様子を見ておくか」

源九郎は、長屋に踏み込むのは後だが、長屋に出入りする路地木戸だけでも見ておきたかった。

「こっちでさァ」

孫六が先にたった。

源九郎たちは、ひとりふたりとすこし間をとって路地に入った。大勢で路地木戸の前を通ると、長屋や近所の者に不審を抱かれるからである。

路地の角から、路地木戸まではすぐだった。路地木戸の脇に、小体な八百屋があった。長屋の住人らしい女が、八百屋の親爺らしい男と何やら話していた。源九郎たちが通りかかると目をむけたが、すぐに顔をそらし、ふたりは話をつづけた。源九郎たちに不審は抱かなかったようだ。

源九郎たちは、路地木戸の前で足をとめずにそのまま通り過ぎた。一町ほど歩き、路地沿いの空き地の前まで来て足をとめた。この辺りまで来ると、路地沿いの家はだいぶすくなくなり、空き地や笹藪《ささやぶ》などが目立つようになった。

「華町、踏み込むか」

菅井が言った。

「いや、待とう。いま、踏み込んでうまく勝次郎を捕らえたとしても、長屋から連れ出せまい」

賑やかな表通りや奥州街道を、捕縛した勝次郎を連れていくことはできなかった。かといって、ここの長屋で勝次郎を訊問したら大騒ぎになるだろう。

「待つか」

菅井が、渋い顔をしてうなずいた。

三

浅草寺の暮れ六ツ（午後六時）の鐘が鳴った。陽は西の家並のむこうに沈み、笹藪のなかや樹陰に淡い夕闇が忍び寄っている。

「そろそろだな」

源九郎が声をかけた。

「やつは、おれが仕留めよう」

菅井が目をひからせて言った。

「居合で峰打ちにできるか」

源九郎が訊いた。

居合で抜きつけて、峰打ちにすることはできない。刀身を峰に返さなければならないからだ。ただ、菅井は脇構えにとって居合の呼吸で、刀をふるうことはできる。

「まかせておけ」

「頼む」

源九郎は菅井にまかせようと思った。

「いくぞ」

源九郎と菅井が先にたった。

路地は人影もなく、ひっそりとしていた。路地沿いの店は、表戸をしめている。

源九郎たちは路地木戸の前で足をとめた。長屋は静かだった。変わったことはないようだ。

源九郎たちが路地木戸から入ろうとすると、孫六が姿を見せ、

「こっちで」

と言って、先にたった。孫六は先に来て、勝次郎を見張っていたのだ。

長屋は淡い夕闇につつまれていた。家々の腰高障子に灯の色があった。あちこちから、子供の泣き声や話し声が聞こえてくる。男たちは仕事から帰り、夕餉《ゆうげ》の膳にむかっているころである。

源九郎たちは、足音を忍ばせて溝板《どぶいた》の脇を歩いた。溝板を踏むと音がするのだ。

三棟並んでいる北側の棟の角まで来ると、孫六が足をとめ、

「三つ目が、やつの家でさァ」

と、小声で言った。

見ると、腰高障子が明らんでいた。だれかいるようである。手前の家の腰高障子も明らみ、子供の声や女の子供を叱る声などが聞こえた。

源九郎たちは、忍び足で勝次郎の家の戸口に身を寄せた。腰高障子の破れ目から覗《のぞ》くと、座敷で男が箱膳を前にして胡座《あぐら》をかいていた。勝次郎である。夕めしを食っているようだ。勝次郎は独り暮らしだと聞いていた。自分でめしの支度をしたのだろう。

菅井は音のしないように刀を抜き、刀身を峰に返した。夕闇のなかで、双眸《そうぼう》が青白くひかっている。

「入るぞ」

源九郎が声を殺して言い、腰高障子をあけた。

源九郎、菅井、孫六、茂次の四人が、次々に土間に踏み込んだ。平太と三太郎は、戸口をかためている。

「だれでえ！」

勝次郎がひき攣《つ》ったような声で叫んだ。

源九郎たちは無言だった。源九郎と菅井が、すばやく座敷に踏み込んだ。菅井の手にした刀身が、行灯《あんどん》の灯を映じて赤みを帯びてひかっている。

「野郎！」

いきなり、勝次郎が手にした茶碗を源九郎にむかって投げ付けた。

咄嗟《とっさ》に、源九郎が体を横に倒して茶碗をかわした。茶碗は土間に落ちて割れ、めしといっしょに散らばった。

勝次郎はすばやい動きで立ち上がり、部屋の奥の神棚にあった匕首《あいくち》を手にして抜こうとした。

すかさず菅井が勝次郎に身を寄せ、タアッ！　と鋭い気合を発して脇構えから刀身を横に払った。一瞬の太刀捌《たちさば》きである。

ドスッ、という皮肉を打つにぶい音がし、勝次郎の上半身が前にかしいだ。菅井の峰打ちが、勝次郎の腹を強打したのだ。

グググッ、と勝次郎は呻《うめ》き声を上げ、匕首を取り落とした。そして、腹を押さえてうずくまった。

そこへ、源九郎が近寄り、切っ先を勝次郎に突き付けて、

「孫六、茂次、こいつに縄をかけてくれ」

と、声をかけた。

孫六と茂次は、すばやく勝次郎の両腕を後ろにとって早縄をかけた。孫六は長年岡っ引きをやっていただけあって手際がいい。

「うまく、仕留めたな」

そう言って、源九郎は菅井のそばに来ると、

「勝次郎を長屋まで連れていくのだが、騒がれると面倒だ。猿轡《さるぐつわ》をかませよう。……孫六、頼む」

と、声をかけた。

孫六は懐《ふところ》から手ぬぐいを取り出して、勝次郎に猿轡をかました。

源九郎たちは、部屋の隅にかけてあった半纏《はんてん》を勝次郎の頭からかぶせ、戸口から外に連れ出した。長屋の住人に、猿轡や後ろ手に縛った縄を見られないようにしたのだ。

勝次郎の両隣の家は、静まり返っていた。勝次郎の家の様子を窺《うかが》っているようだ。源九郎たちが勝次郎を取り押さえたときの物音や叫び声が聞こえたのだろう。ただ、家の外にまで出てきて、様子を見ている者はいなかった。

「いまのうちに、長屋から出よう」

源九郎たちは、勝次郎を取り囲むようにして路地木戸から路地に出た。路地は

夜陰につつまれていた。ひっそりとして、人影はなかった。

源九郎たちは人気のない裏路地や新道をたどって両国広小路に出ると、両国橋を渡って本所に入った。それから、はぐれ長屋に着くまでの間、酔客や夜鷹そばなどと出会ったが、源九郎たちは酔った仲間を連れて帰るようなふりをしたので、不審を抱かせるようなことはなかった。

はぐれ長屋は、夜の帳《とばり》につつまれていた。ときおり、赤子の泣き声などが聞こえたが、ひっそりと寝静まっている。

「わしの家に、勝次郎を連れてきてくれ」

源九郎が菅井たちに声をかけた。明朝を待たず、源九郎の家で勝次郎から話を聞くつもりだった。

四

部屋の隅に置かれた行灯の灯《ひ》に、四人の男の姿が浮かび上がっていた。源九郎、菅井、孫六、それに捕らえた勝次郎である。茂次、平太、三太郎の三人は、それぞれの家にもどっていた。三人の家は女がひとりで留守番をしていたので不用心だし、勝次郎の訊問には源九郎たち三人で十分だったのだ。

「勝次郎、話を聞かせてもらうかな」

源九郎が、静かだが重いひびきのある声で言った。

源九郎の顔が行灯の灯を映じて、爛《ただ》れたように赤く染まっている。勝次郎にむけられた双眸が、燠火《おきび》のようにひかっている。

「孫六、猿轡をとってくれ」

「へい」

すぐに、孫六が勝次郎の猿轡を取った。

勝次郎は低い呻き声を洩《も》らしたが、何も言わなかった。恐怖に顔をしかめ、体を顫《ふる》わせている。

「攫ったおきくを、どこへ連れていった」

源九郎が単刀直入に訊いた。

「し、知らねえ。おれは、おきくなんてえ娘は知らねえ」

勝次郎が声を震わせて言った。

「しらを切っても無駄だ。寅吉はしばらく生きていてな、見捨てて逃げたおまえたちを恨んでいた。それで、知っていることは、みんな話してくれたのだ」

源九郎が言うと、勝次郎の顔がひき攣ったようにゆがんだ。

「おきくを舟に乗せて、どこへ連れていったのだ」

さらに、源九郎が訊いた。

「知らねえ」

勝次郎が首を横に振った。

「知らないはずはあるまい。……おまえは、攫ったおきくといっしょに舟に乗ったのではないか」

「おれと寅吉は、舟に乗らなかった」

勝次郎がはっきりした声で言った。

「すると、おきくといっしょに舟に乗ったのは、松沢と船頭だな」

源九郎たちは、だれが舟に乗ったかつかんでいなかったのだ。

「そうだ」

「船頭の名は」

源九郎が勝次郎を見すえて訊いた。

「し、芝造《しばぞう》……」

「芝造はおまえたちの仲間だな」

「……」

勝次郎は無言でうなずいた。

「芝造の塒はどこだ」

「知らねえ。おれも寅吉も、芝造の塒は知らねえんだ」

勝次郎がむきになって言った。

「松沢の居所は、知っているな」

源九郎は松沢に矛先をむけた。

「松沢の旦那は、花川戸町《はなかわどまち》の借家にいたが、いまはいねえ。三月ほど前に、借家を出ちまったのだ」

「いまは、どこにいる」

源九郎が聞くと、勝次郎は視線を膝先に落とし、口をつぐんでしまった。顔がこわばり、また体が顫えだした。

「いま、どこにいるのだ」

源九郎が声を鋭くして訊いた。

だが、勝次郎は身を硬くしたまま顔を上げようともしなかった。

「言わなければ、斬るぞ」

菅井が刀を抜き、切っ先を勝次郎の首に当てた。

「……！」

勝次郎は、首をすくめただけで口をひらかなかった。

「松沢はどこにいるんだ」

菅井は言いざま、刀身をすこしだけ引いた。

ヒッ、と勝次郎が悲鳴を上げ、上体を後ろに引いた。首筋に薄い血の線が浮き、ふつふつと血が噴き、赤い筋を引いて首筋をつたった。勝次郎の顔から血の気が引き、体が顫えだした。

「言わねば、首を落とすぞ」

菅井が刀を引いて、八相に構えた。いまにも、首を斬り落としそうな気魄《きはく》がある。

「は、話す！」

勝次郎が声をつまらせて言った。

「松沢はどこにいる」

源九郎が訊いた。

「お、親分のところに……」

勝次郎が声を震わせて言った。

「親分の名は」

すぐに、源九郎が訊いた。

「に、仁兵衛《にへえ》……」

「仁兵衛だと」

源九郎は初めてきく名だった。居所も、何をしている男なのかも知らなかった。源九郎は孫六に顔をむけた。孫六なら知っているかもしれない、と思ったのである。

孫六は口をつぐんだまま首を横に振った。知らないらしい。

「仁兵衛はどこにいる」

源九郎が声をあらためて訊いた。

「親分の居所は知らねえんだ」

勝次郎が首をすくめた。

「知らないだと。おまえたちが、おきくたちを攫ったのは、仁兵衛の指図があったからではないのか」

松沢や勝次郎が自分たちだけの目論見《もくろみ》で、およしやおきくたちを攫ったとは思えなかった。それに、勝次郎は肝心なところは隠しているようにみえた。

「親分の指図はあったが、おれと寅吉は、松沢の旦那に言われて動いていたんだ」

勝次郎が声を大きくして言った。

「うむ……」

源九郎が口をつぐんだとき、黙って聞いていた孫六が、

「おめえたちは、長屋のおよしも攫ったな」

と、勝次郎を見すえて言った。行灯の灯を横から受けているせいもあるのだが、孫六はふだんとちがう凄《すご》みのある顔をしていた。

「……！」

勝次郎がちいさくうなずいた。

「およしをどこへ連れていった」

「し、知らねえ」

「おい、勝次郎、おめえがな、およしを乗せた舟にいっしょにいたことは、分かってるんだぜ。見たやつがいるんだ」

孫六が語気を強くして言った。

「おれは、大川までいっしょにいっただけだ」

「どういうことだ。大川まで舟で行って、川に飛び込んだとでもいうのか」

「そうじゃァねえ。……駒形堂近くの桟橋まで乗せてもらったんだ」

勝次郎が、福川町の塒に帰るために、その桟橋で下りたことを話した。

「駒形堂近くで舟から下りたのか。……その後、舟はどこへむかった」

さらに、孫六が訊いた。

「知らねえ」

「川上か、それとも川下にもどったのか」

「か、川上にむかった」

勝次郎が震えを帯びた声で言った。

「するってえと、およしやおきくを連れていった場所は、駒形堂より川上にあるわけだな」

孫六が源九郎と菅井に目をやって言った。

勝次郎は顔をしかめたまま視線を膝先に落とした。

孫六が口をつぐんだとき、

「おまえたちは、何のためにおきくやおよしを攫ったのだ」

と、源九郎が訊いた。

「極楽を見せるためだと聞きやした」

勝次郎が小声で言った。

「極楽を見せるだと。どういうことだ」

「あっしには分からねえが、松沢の旦那が攫った娘に、極楽みてえな場所に連れていってやるから、楽しみにしてな、と言ってやした」

「極楽な……」

源九郎の脳裏に、女郎屋のことがよぎったが、口にしなかった。女郎屋で客をとらせるには、もうすこし年上の娘を攫うのではないかと思ったのである。

それから、源九郎たちはお初のことも訊いたが、勝次郎はほとんど知らなかった。お初を攫ったとき、仲間にくわわらなかったという。

「おまえたちが攫ったのは、およし、おきく、お初の三人だけか」

源九郎が声をあらためて訊いた。

「あっしは耳にしただけだが、一年ほど前もふたりいなくなったそうでさァ」

「なに、三人の他にもふたり攫ったのか」

思わず、源九郎の声が大きくなった。

「攫ったんじゃァねえ。娘たちは、神隠しに遭《あ》ったんだよ」

勝次郎が口許に薄笑いを浮かべてつぶやいたが、すぐに笑いが消え、顔に恐怖と不安の翳《かげ》が浮いた。いま自分の置かれている状況を思い出したのだろう。

腰高障子が仄《ほの》かに明らんできた。そろそろ払暁《ふつぎよう》らしい。

五

源九郎が目を覚ましたのは、昼近くになってからだった。菅井が大欠伸《あくび》をしたので、その声で目を覚ましたのである。

源九郎の部屋には、源九郎と菅井、それに後ろ手に縛られ、柱にくくりつけられた勝次郎の姿があった。

孫六は夜が明けると、

「あっしは、家に帰《けえ》って寝やす」

と言い残し、自分の家にもどったのだ。

勝次郎も目を覚ましていた。おそらく眠れなかったのだろう。顔を疲労困憊《こんぱい》の色がおおっていた。

源九郎と菅井は流し場で顔を洗った後、座敷にもどると、

「腹が減ったな」

と、菅井が肩を落として言った。

「これから、めしを炊くのも面倒だし、水でも飲んで我慢するか」

源九郎は、めしを炊く気にはならなかった。

「水で我慢ができるか。……おれが、めしを炊いてやる」

そう言って、菅井が土間に下りようとしたとき、戸口に近付いてくる足音がした。重い下駄の音は、お熊のものである。

「旦那、起きたのかい」

戸口のむこうで、お熊の声がした。

「起きてるぞ」

源九郎が声をかけると、腰高障子があいてお熊が顔を出した。手に丼を載せた盆を持っている。盆にはにぎり飯の入った丼、それに小鉢が載っていた。

「ふたりとも、めしはまだなんだろう」

お熊は手にした盆を上がり框《がまち》近くに置いた。握りめしは四つ、小鉢にはうすく切ったたくわんが入っていた。

「朝めしを余分に炊いて握ったんだよ。ふたりで、食べておくれ」

そう言った後、お熊は縛り付けられている勝次郎を見て、

「その男（ひと）はいいかね」

と、戸惑うような声をして訊いた。勝次郎の分まで用意しなかったようだ。

「お熊、一日ぐらいめしを抜いても死にはしないよ。この男には、後で何か食わしてやる」

源九郎が言った。

「そうかい。食べ終わったところに来るからね。丼はそのままにしておいてくれ」

そう言い残し、お熊は戸口から出ていった。

「華町、茶を淹《い》れるか」

菅井が言った。

「面倒だ。水でいい」

源九郎は流し場でふたつの湯飲みに水を汲み、菅井にも持ってきてやった。

源九郎と菅井は座敷に腰を下ろし、水を飲みながらにぎり飯とたくわんを頰ばった。腹が減っていたこともあって、握りめしは旨《うま》かった。

菅井は握りめしを平らげ、湯飲みの水を飲み干すと、

「華町、おれは家に帰って一眠りするぞ。腹が一杯になったら、眠くなった」

菅井が欠伸を噛み殺しながら言った。無理もない。菅井も源九郎も夜が明けてから横になったので、まともに眠れなかったのだ。

菅井が座敷から出て行くと、源九郎は勝次郎のそばに行き、

「どうだ、水でも飲むか。夕めしは何か食わしてやるが、いまは水だけだ」

と、訊いた。勝次郎は喉が渇いているだろうと思ったのだ。

「の、飲ませてくれ」

勝次郎が声をつまらせて言った。

「そうか」

源九郎は流し場に行き、湯飲みに水を汲んできて勝次郎に飲ませてやった。勝次郎は喉を鳴らして飲んだ。

勝次郎が湯飲みの水を飲み干したときだった。戸口に慌ただしく駆け寄ってくる下駄の音がした。

「旦那、大変だよ！」

お熊の叫び声がし、いきなり腰高障子があいた。

「大勢で長屋に、押し込んできたよ。こっちにくる！」

お熊がひき攣ったような声で言った。

「なに、押し込んできたと！」

戸口の向こうで、走り寄る足音がした。数人らしい。近所の家から、

「出ちゃア駄目！」「房七《ふさしち》！　家に入るんだよ」などという母親の叫び声が聞こえた。

戸口に近付いてくる何人もの足音がし、

「そこが、華町の家だ！」

という男の声がひびいた。

源九郎は家に踏み込んでくると察知し、

「お熊、逃げろ！　ここに、くるぞ」

と叫び、部屋にとって返して、刀を手にした。

「あたし、菅井の旦那に知らせる！」

お熊は戸口から飛び出し、ドタドタと足音をひびかせて戸口から離れた。

走り寄る足音が戸口でとまり、腰高障子が開けられた。戸口に、五人の男たちの姿が見えた。武士がふたりいた。松沢と牢人体の男である。源九郎は、牢人に見覚えがなかった。他の三人はいずれも遊び人ふうで、手ぬぐいで頰《ほ》っかむりして顔を隠していた。

「いたぞ！　ここだ」

松沢が声を上げた。

男たちが土間に踏み込んできた。すでに松沢と牢人は抜刀し、抜き身を引っ提げていた。三人の遊び人ふうの男も、匕首を握っている。

源九郎は部屋の隅に逃れ、刀を抜いた。その源九郎の前に、松沢がゆっくりと近付いてきた。

六

「華町、久し振りだな」

松沢が口許に薄笑いを浮かべて言った。だが、目は笑っていなかった。切っ先のような鋭いひかりを宿している。

ふたりの間合は、二間ほどしかなかった。部屋のなかは狭く、間合をひろくとれないのだ。

「勝次郎を助けにきたのか」

松沢たちは、勝次郎を助け出すために長屋に乗り込んできた、と源九郎はみた。

「どうかな」

言いざま、松沢は青眼に構えた。そして、ゆっくりとした動きで、低い八相にとった。両拳を脇にとり、刀身を立てている。菅井と立ち合ったときと同じ構えである。

源九郎は青眼に構え、剣尖《けんせん》を松沢の喉元につけた。源九郎の構えも低くなった。座敷は狭く、柱や棚などがあって刀を振りまわせないためである。

松沢は源九郎の構えを見て驚いたような顔をした。源九郎の構えは隙がない上に、剣尖にはそのまま眼前に迫ってくるような威圧感があったのだ。

だが、松沢はすぐに表情を消した。全身に気魄を込め、斬り込んでくる気配を見せている。

このとき、座敷に踏み込んできた牢人が、抜き身を引っ提げたまま部屋の隅をまわって柱に縛り付けられている勝次郎に近付いた。

源九郎は牢人の動きを目の端でとらえたが、どうにもならなかった。目の前に松沢が立ちふさがっていて、牢人に近付くこともできなかったのだ。

勝次郎は近付いてきた牢人を見て、

「縄を切ってくれ！」

と声を上げ、体を捻るようにして縛られている両腕を牢人の方にむけた。

「いま、斬ってやる」

牢人が低い声で言った。

すかさず、牢人は手にした刀を一閃《いっせん》させた。

切っ先が、勝次郎の肩口をとらえた。肩から胸にかけて肌が赤くひらいた次の瞬間、血が迸《ほとばし》り出た。

牢人は勝次郎を縛っていた縄ではなく、肩から胸にかけて袈裟《けさ》に斬り下げたのだ。

勝次郎は驚怖に目を見開いたまま、力なく後ろの柱に寄り掛かった。噴出した血が、勝次郎の上半身を赤く染めていく。

「おぬしらは、勝次郎を斬りにきたのか！」

源九郎が声を上げた。

「生かしておくと、面倒なのでな」

松沢は薄笑いを浮かべ、

「おまえもな」

そう嘯《うそぶ》くように言い添えた。

牢人が、源九郎の左手にまわり込んできた。総髪で、浅黒い顔をした三十がら

み の男だった。血走った目をし、薄い唇をしていた。牢人は青眼に構え、剣尖を源九郎にむけた。腰の据わった隙のない構えである。

……太刀打ちできぬ！

と、源九郎は察知し、逃げ場を探した。

正面に松沢、左手から牢人——。ふたりとも、遣い手だった。しかも、部屋のなかは狭く逃げ場がなかった。

「いくぞ！」

松沢が声を上げ、踏み込んでくる気配を見せた。

そのときだった。戸口に走り寄る足音がした。何人もの足音である。足音は戸口でとまり、大きく腰高障子があけはなたれた。

菅井が戸口に立っていた。茂次、孫六、三太郎、平太の姿もある。菅井たちの後ろには、十人ほどの男たち、さらにお熊や長屋の女房連中の顔もあった。長屋の住人たちは、手に手に天秤棒や心張り棒を持っている。

「ひとり残らず、討ち取ってくれる！」

菅井が叫ぶと、

「ひとりも、逃がすな！」

「たたき殺せ！」

などと、孫六や茂次が叫んだ。

後ろで取り巻いている長屋の住人たちからも、いっせいに喊声《かんせい》が上がった。

すると、部屋のなかにいた三人の遊び人ふうの男が、「長屋のやつらだ！」「大勢いやがる！」などと声高に言った。浮き足だっている。

松沢と牢人も後じさり、戸口に目をやって戸惑うような顔をした。

これを見た菅井が、

「おれが、仕留めてやる」

と声を上げ、刀の柄《つか》を右手でつかんだまま土間へ踏み込んできた。そして、牢人の背後にまわり、抜刀体勢をとった。

牢人は慌てて身を引き、菅井に体をむけた。

「引け！　この場は、引け」

松沢が声を上げた。菅井が座敷に上がる前に逃げねば、牢人が斬られるとみたらしい。牢人が斬られれば、形勢は一気に逆転する。松沢と他の三人も、仕留められるかもしれない。

イヤアッ!

突如、裂帛《れっぱく》の気合を発し、松沢が土間に立っている菅井にむかって斬り込んだ。

虚を突かれた菅井は後ろに身を引きざま抜刀したが、体勢がくずれ、居合の抜き付けの一刀は松沢の肩先をかすめて空を切った。

松沢は土間に飛び下り、

「逃げろ!」

と叫びざま、さらに菅井にむかって斬りつけた。

咄嗟に、菅井は後ろに下がったが、流し台に突き当たって腰が砕け、刀を構えることもできなかった。

松沢は菅井に目もくれなかった。背後に源九郎が迫ってきたからである。

松沢は戸口から外に飛び出した。これを見た牢人と三人の遊び人ふうの男も、土間へ飛び下りた。

戸口近くに集まっていた孫六や茂次たちは、ワッ、と声を上げて、左右に逃げた。すこし間を置いて戸口を取り巻いていた長屋の住人たちも、慌てて逃げ散った。

源九郎は戸口から飛び出そうとしていた牢人に追いすがり、背後から袈裟に一太刀あびせた。

ザクッ、と牢人の小袖が、肩から背にかけて裂けた。あらわになった背に血の線がはしったが、浅手だった。薄く皮肉を裂かれただけである。

菅井も体勢をたてなおし、戸口から飛び出そうとしていた遊び人ふうの男に一太刀浴びせたが、袖を切り裂いただけだった。

牢人は足もとめず、刀を引っ提げたまま外へ飛び出した。

牢人と三人の遊び人ふうの男につづいて、源九郎と菅井は抜き身を引っ提げたまま戸口から出た。

松沢たち五人は逃げ散った長屋の住人たちには目もくれず、路地木戸の方へ走った。

「平太、茂次、来てくれ！」

源九郎が戸口にいた平太と茂次を呼んだ。

すぐに、ふたりは源九郎のそばに走り寄った。

「やつらを尾けて、行き先をつきとめてくれ」

源九郎は、足が速く尾行にも長《た》けているふたりに頼んだのだ。

「合点だ!」

茂次が応え、平太とふたりで走り出した。

七

源九郎たちは、戸口に集まったお熊をはじめ長屋の住人たちに怪我がないのを確かめてから家に入った。

部屋の隅で、勝次郎が後ろ手に縛られたまま血塗《ちまみ》れになってへたり込んでいた。

孫六が勝次郎の血塗れの姿を見て、

「やつら、仲間の勝次郎を斬りに来たのか」

と、驚いたような顔をして言った。

「勝次郎の口塞《くちふさ》ぎに来たのだな」

源九郎の顔には憎悪の色があった。仲間を平気で殺す松沢たちの酷薄なやり方に怒りを覚えたらしい。

「おい、勝次郎は生きているぞ」

菅井が言った。

あらためて目をやると、勝次郎の肩が上下し、かすかに喘《あえ》ぎ声が聞こえた。

源九郎たちは、すぐに勝次郎のそばに集まった。

「勝次郎！　しっかりしろ」

源九郎が声をかけた。

勝次郎はすこし顔を上げて、源九郎を見たが、すぐにうなだれてしまった。苦しげな喘ぎ声が洩れている。

「勝次郎、何か欲しいものはあるか」

源九郎が訊いた。

「み、水……」

勝次郎がかすれ声で言った。

「孫六、水を頼む」

「へい」

孫六は流し場に飛んでいき、湯飲みに水を汲んできた。

源九郎は勝次郎の背後にまわり、体を支えながら勝次郎の口許に湯飲みを持っていってやった。

勝次郎は顔を上げ、口を湯飲みに押しつけるようにして水を飲んだ。水の多くは口から溢れ出て顎《あご》をつたって流れたが、喉も通ったようである。

水を飲み終わった勝次郎は「すまねえ……」と喘ぎながら言ったが、またうなだれてしまった。

「勝次郎、およしやおきくはどこにいる」

源九郎が声を大きくして訊いた。勝次郎は、およしたちの居所を知っているとみていたのだ。

「む、向島……」

勝次郎が掠《かす》れ声で答えた。

「向島のどこだ」

向島は吾妻橋の上流、浅草の対岸にひろがっている地で、風光明媚《めいび》なことでも知られていた。

「ぼ、墨堤のそばの、ご、極楽……」

勝次郎が喘ぎながら、そこまで言ったとき、がっくりと首が落ちた。体から力が抜け、喘ぎ声も聞こえなくなった。

「死んだ」

源九郎がつぶやくような声で言った。

いっとき、部屋は重苦しい沈黙につつまれていたが、

「およしたちがいるのは、墨堤の近くですぜ」

と、孫六がその場に集まっている源九郎たちに目をやりながら言った。

墨堤は、向島の大川沿いにひろがる地で、桜の名所としても知られていた。三囲《みめぐり》稲荷神社《いなりじんじゃ》、白鬚《しらひげ》神社、桜餅で知られた長命寺《ちょうめいじ》などもあり、江戸市中から多くの遊山《ゆさん》客や参詣客などが訪れる。

また、向島は風光明媚な地に静かな田園地帯がひろがっており、隠居所や別邸、それに老舗《しにせ》の料理屋や料理茶屋などもあった。

「勝次郎は、極楽と口にしたな」

源九郎が念を押すように言うと、

「おれも、極楽と聞いたぞ」

菅井が言い添えた。

「極楽だけじゃァ、何のことか分からねえな」

その場にいた孫六と三太郎も首をひねっている。

しばらく、源九郎たちはその場に立っていたが、

「とにかく、勝次郎をこのままにしておけん。手を貸してくれ」

源九郎が頼んだ。座敷は狭く、このままでは寝る場所もなかった。

「筵《むしろ》を集めてきやす」

孫六は、三太郎を連れて戸口から出た。

しばらくすると、孫六たちは長屋をまわり、縄と何枚かの筵を集めてきた。源九郎たち四人は勝次郎の死体を筵で包み、縄で縛った。

「大川にでも、流すか」

菅井が言った。

「流してもいいが……。大川まで運ぶなら、回向院《えこういん》の隅にでも埋めてやろう。邪険に扱って、化けて出られたらかなわんからな」

回向院はすぐ近くだった。菅井や孫六たちに手伝ってもらえば、そう手間はかからない。

源九郎たちがそんなやり取りをしているところに、茂次と平太が帰ってきた。ふたりの顔には、落胆の色があった。尾行はうまくいかなかったのかもしれない。

「逃げられやした」

茂次が源九郎たちの顔を見るなり言った。

「まかれたのか」

源九郎が訊いた。

「やつら、舟を用意してたんで」

茂次によると、松沢たちは一ツ目橋近くの桟橋に繫《つな》いであった舟に乗って逃げたという。

「舟か」

「やつら、いつも舟を使ってるようでさァ」

「それにしては、遅かったな」

はぐれ長屋から一ツ目橋まで、そう遠くなかった。松沢たちが舟に乗って逃げるのを見てから戻っても、もっと早く長屋に帰れたろう。

「大川端まで、追ったんで」

平太がうわずった声で言った。

すると、茂次が、

「やつらの舟が、大川の上《かみ》か下《しも》のどちらにむかうか確かめようと思いやしてね」

と、言い添えた。

「それで、やつらの舟はどちらにむかった」

源九郎が訊いた。

「舟は上にむかいやした。吾妻橋の近くまで行ったのは見えやしたが、その先は分からねえ」

「行き先は分かるぞ」

すぐに、源九郎が言った。

「どこです」

「向島の墨堤の近くだ」

「どうして分かったんで」

茂次が腑《ふ》に落ちないような顔をした。平太は、驚いたような顔をして源九郎を見ている。

「勝次郎が生きていてな、墨堤の近くにおよしたちがいることを口にしたのだ」

源九郎が茂次と平太に目をやり、

「勝次郎は、極楽とも口にしたのだが、何のことか分からないのだ。茂次たちは、何か心当たりはあるか」

と訊いた。

「極楽か……。極楽みてえに、いいところってことかな」

茂次が首をひねりながら言った。

第五章　向　島

一

雨音がちいさくなってきた。源九郎が目を覚ましたときから降っていたが、小雨になってきたらしい。雲が薄くなったのか、腰高障子が明るくなっている。

源九郎は朝めしを炊くのが面倒だったので、水だけ飲んで我慢した。それに、今日は雨が上がれば、向島に出かけることになっていた。途中、一膳めし屋かそば屋にでも立ち寄って腹を満たすこともできる。

源九郎が雨の様子を見てみようと、土間に下りたとき、戸口に近付いてくる下《げ》駄《た》の音がした。

……菅井だな。

源九郎はその下駄の音に聞き覚えがあった。

足音は戸口の前でとまり、

「華町、いるか」

腰高障子のむこうで、菅井の声がした。

「入ってくれ」

源九郎が声をかけた。

すぐに、腰高障子があき、菅井が姿を見せた。菅井は飯櫃《めしびつ》と将棋盤を持っていた。傘をささずに来たらしい。総髪や肩先が、すこし濡れていた。

「おい、傘もささずに来たのか」

源九郎が呆《あき》れたような顔をして言った。

「濡れるほどの雨ではない。……それより、握りめしを持ってきたぞ。華町のことだ。めしを炊かずに水でも飲んで我慢していると思ってな」

菅井が、ジロリと座敷を見て言った。

「い、いや、これから炊こうと思っていたところだ」

源九郎が声をつまらせて言った。

「めしを炊くより、将棋だ」

菅井は飯櫃と将棋盤を抱えたまま勝手に座敷に上がってきた。

飯櫃には、握りめしが入っているはずである。握りめしを食いながら将棋を指すつもりなのだ。

「握りめしはいただくが、将棋はどうもな。……雨が上がったら、向島まで行くことになっているではないか」

その雨が、いまにも上がりそうだった。

「雨がやんだら、将棋をやめればいいのだ」

菅井は部屋のなかほどに腰を下ろし、懐《ふところ》から駒の入った小箱を取り出して将棋盤の上に置いた。

「まア、そうだ」

源九郎は将棋盤を前にして腰を下ろした。

「さア、やるぞ」

菅井は勇んで駒を並べだした。

「いただいてもいいかな」

源九郎は飯櫃の蓋《ふた》をとった。

握りめしが四つ、それに小皿に薄く切ったたくわんも載っていた。菅井は風貌に似合わず、几帳面《きちょうめん》なところがあって、朝めしもきちんと炊くし、こうやってたくわんまで切って持ってくるのだ。

……さァ、食うぞ。

源九郎は、さっそく握りめしに手を伸ばした。

ふたりで握りめしを頬ばりながら、小半刻（三十分）ほど指したとき、戸口に近付いてくる複数の足音がした。

源九郎が戸口に目をやると、障子がだいぶ明らんでいた。雨が上がり、薄日が射しているらしい。

足音は腰高障子の前でとまり、

「華町の旦那、いやすか」

と、孫六の声がした。

「いるぞ。入ってくれ」

源九郎が声をかけると、腰高障子があいた。

土間に入ってきたのは、孫六、茂次、平太、三太郎の四人だった。

「四人もで来たのか」

源九郎が驚いたような顔をした。

今日、向島には、源九郎、菅井、孫六の三人だけで行くことにしていた。それというのも、茂次、平太、三太郎の若い三人は家族がいるし、今日のところは様子を見にいくだけだったので、そう人数はいらなかったのだ。

「茂次たちもいっしょに行くといって、あっしの家に集まったんでさァ」

孫六が照れたような顔をして言った。

「それなら、いっしょに行こう」

いまから、帰れとは言えなかった。

「旦那たちは、朝から将棋ですかい」

茂次が、土間から将棋盤を覗《のぞ》くように見て言った。

「雨だからな」

菅井は将棋盤を睨《にら》んでいる。菅井の指す番だったのだ。

「雨はやみやしたぜ」

孫六が声を大きくして言った。

「やんだか」

源九郎は両腕を突き上げて伸びをした。

「うむ……」

菅井は将棋盤を睨むように見つめている。

「菅井、これまでだな」

源九郎は、飯櫃に残っていた最後のたくわんを手にした。

「あと、五、六手で何とかなったんだがな」

菅井が無念そうな顔をして言った。

源九郎は、あと五、六手指せば、形勢は源九郎にかたむくとみていた。いまなら、勝負なしということでやめられる。

「残念だが、仕方がない。将棋はこれまでだ」

菅井は駒を集めて小箱に入れだした。

源九郎たち六人は、そろって戸口から出た。雨はすっかり上がり、雲間から青空が覗いていた。

「旦那、舟が用意してありやすぜ」

歩きながら、孫六が言った。

「舟だと、どうしたのだ」

舟を使えば、向島までほとんど歩かずに行くことができる。

「長屋の百造《ももぞう》が、船宿から借りてくれたんでさァ」

「船頭をしていた百造か」

はぐれ長屋に、長年船宿の船頭をしていた百造という男が住んでいた。いまは、歳をとって倅夫婦に世話になっている。孫六と、似たような境遇である。

「舟は一ツ目橋近くの桟橋にとめてありやす」

孫六によると、昨日、百造に話し、舟を用意してもらったという。

「舟はだれが漕《こ》ぐのだ」

「百造でさァ」

「おい、百造に漕げるのか」

「旦那、百造はまだまだ元気ですぜ。……旦那やあっしと同じでさァ」

孫六が胸を張った。

「そうか」

源九郎は、それ以上言えなかった。

二

桟橋に下りると、猪牙舟《ちょきぶね》の艫《とも》に百造が立っていた。棹《さお》を手にしている。古い舟のようだが、いまも船宿で使われているらしく、船底に敷かれた茣蓙《ござ》や舟を舫《もや》う綱などは古くなかった。

百造は、大柄で浅黒い顔をしていた。鬢《びん》や髷《まげ》は白髪が目立ったが、足腰はまだしっかりしているようだった。まだ、還暦前のはずである。

「百造、すまんな」

源九郎が声をかけた。

「旦那たちは、およしを探すために苦労してるんだ。あっしにもできることがあったら、言ってくだせえ」

百造がしゃがれ声で言った。

源九郎たち六人が乗り込むと、百造は棹を使って舟を桟橋から離した。舟が川のなかほどに出たところで、百造は棹から艪《ろ》に持ち替えた。舟の扱いはなかなかである。

舟は竪川の川面を滑るように大川にむかっていく。

百造は大川に出ると、水押《みよし》を川上にむけた。舟は両国橋をくぐり、浅草御蔵の首尾の松を左手に見ながら川上にむかって進んでいく。

吾妻橋が迫ってきたところで、

「どの辺りにとめやす」

と、百造が大声で訊《き》いた。水押が川面を分ける水飛沫《みずしぶき》の音で、大声でないと聞こえないのだ。

「墨堤の近くに、とめて欲しいのだがな」

源九郎が大声で言った。

「水戸家のお屋敷の先に、船寄がありやす。そこに、とめやすから」

百造は艪を漕ぎながら言った。長年の船宿の船頭をしていただけあって、江戸の河川のことはくわしいようだ。

吾妻橋をくぐると、右手に大名屋敷が見えてきた。水戸家の下屋敷である。その辺りから向島だった。

水戸家の下屋敷の前を通り過ぎると、百造は水押を右手の岸際に寄せた。前方に船寄があった。そこは人影のない寂しい場所で、猪牙舟が一艘だけ舫い杭《ぐい》に繋《つな》いであった。ちいさな船寄である。百造はとめてある猪牙舟の脇に水押をむけた。

百造は船縁《ふなべり》を船寄に着けると、

「下りてくだせえ」

と、源九郎たちに声をかけた。

源九郎は舟から下りると、艫に立っている百造に近付き、

「百造、船宿の船頭をしているときに、この辺りまで来たことがあるのか」

と訊いた。

「ありやすよ」

「墨堤にくる者が舟をとめる場所だがな、ここの他にもあるのか」

源九郎は、人攫《ひとさら》い一味が、およしたちを乗せた舟をどこにとめたか、知りたかったのだ。

「この先に、渡し場がありやす。そこにも、舟をとめられやすが」

百造によると、渡し場は上流にあり、対岸の浅草、橋場町《はしばちよう》とむすんでいるという。

「渡し場な。……そこに、人目に触れぬように舟をとめ、攫った娘を下ろすことができるかな」

「夜ならできねえこともねえが、明るいうちは無理でさァ」

百造が、桟橋近くには渡し場の船頭や舟を利用する者がいるので、人目に触れないように舟を着けるだけでも難しいと話した。

「すると、一味が舟を着けたのは、ここかな」

人攫い一味はこの船寄を利用しているのではないか、と源九郎は思った。

源九郎は百造に、七ツ半（午後五時）ごろ迎えにきてほしいと頼んで、船寄から離れた。源九郎たちがもどるまで、待たせておくのは気が引けたのである。

源九郎たちは、船寄から土手の小径をたどって川沿いの通りに出た。

「華町、どうする」

菅井が訊いた。

「いま、百造から聞いたのだがな。一味が舟をとめるような場所は、ここしかないようだぞ」

そう言って、源九郎は菅井たち五人に目をやった。

「およしたちを連れていった場所は、この近くってことですかい」

孫六が身を乗り出すようにして訊いた。

菅井たち四人は、源九郎に視線を集めている。

「およしたちを連れていった場所が近くかどうかは分からないが、ここからどこかへ連れていったとみていいな」

「よし、この近くからあたってみよう」

菅井が声を大きくして言った。

源九郎たちは二手に分かれ、七ツ（午後四時）ごろにこの場にもどることにした。六人もでかたまって訊きまわっても埒《らち》が明かないし、人目を引くだろう。源九郎、孫六、平太の三人、そして菅井、茂次、三太郎の三人が、それぞれ組むことになった。

源九郎たち三人は、墨堤の桜並木をすこし歩き、三囲《みめぐり》稲荷神社近くまで行ってから聞き込むことにした。三囲稲荷神社は、元禄《げんろく》のころ俳人の宝井其角《たからいきかく》が、ここで「夕立や田を三囲の神ならば」と雨乞いの句を詠み、その翌日雨が降ったという。そこから、三囲と呼ばれるようになったらしい。

三囲神社は参詣客や遊山《ゆさん》客などが多く、付近には豪商や大身の旗本の別邸、大名の下屋敷などもあった。また、老舗《しにせ》の料理屋や料理茶屋などもあり、こうした店は富裕の客が多いことでも知られていた。

源九郎たちは、三囲稲荷神社の前を通り、料理屋や料理茶屋などのあるところまで来ると、

「どうだ、この辺りで聞いてみないか」

源九郎が孫六、平太に声をかけた。

「そうしやしょう」

孫六と平太は、すぐにその場を離れた。

ここに来るまで、源九郎たちは話の聞けそうな場所に来たら、一刻（二時間）ほど、別々になって聞き込んでみることにしてあったのだ。

三

「さて、だれに訊いてみるかな」

源九郎は通りに目をやった。

それほど人出は多くなかった。参詣客や遊山客などが、まばらに歩いている。近所の武家屋敷に奉公する中間《ちゅうげん》や下働きらしい男なども通りかかった。

源九郎は付近の屋敷に奉公する者に訊いてみようと思った。いっとき路傍で待つと、下働きらしい初老の男が目にとまった。こちらに歩いてくる。

源九郎は男に近付くと、

「ちと、訊きたいことがあるのだがな」

と、声をかけた。

男は驚いたような顔をし、「何です」と小声で訊いた。顔に不安そうな色があった。

「この近くで、奉公しているのか」

源九郎が訊いた。

「へい、商いをしていた方の隠居所に奉公してやす」

男は隠居者の名を口にしなかった。付近にある豪商の隠居所で、下働きをしているのだろう。

「つかぬことを聞くが、近くに仁兵衛という男は住んでいないか」

源九郎は、勝次郎が口にした人攫い一味の頭目の名を出してみた。

「仁兵衛さんねえ……」

男は首をひねった後、知りません、と小声で言った。

「仁兵衛のところには、十歳ほどの器量のいい娘が何人もいるようなのだ」

「女郎屋でもやってるんですかい」

男が源九郎に顔をむけて訊いた。

「そうかもしれん」

源九郎は、女郎屋のように、およしたちは客をとらされているのかもしれない、と思った。ただ、十歳で、客をとるのは無理だろう。

「この辺りに、女郎屋はありませんよ」

男は素っ気なく言った。

「料理屋かもしれん」

「綺麗所《きれいどころ》を揃えている料理屋は、いくつかありやすよ。ただ、十歳は若すぎるなァ。ほとんど、年増《としま》でさァ」

男の口許に薄笑いが浮いた。卑猥《ひわい》な光景でも連想したのかもしれない。

「若い娘はいないか」

「十歳じゃァ、まだ、子供ですからね。もっとも、そういう初《うぶ》な女《こ》を、喜ぶ客もいるようですがね」

男が源九郎が訊かないことまで口にした。こうした話が、好きなのかもしれない。

「ところで、この近くに極楽と呼ばれているところはないか」

源九郎は、勝次郎が口にした極楽のことを訊いてみた。

「極楽ですかい」

男が驚いたような顔をした。

「極楽と呼ばれる場所だ」

「この辺りには、金さえ出しゃァ、極楽のような思いのできる料理屋はいくつもありますよ。料理はうめえし、綺麗所はいるし……。金がありゃァ、あっしだって極楽のような思いができまさァ」

男は、饒舌《じょうぜつ》になった。

「墨堤のそばに、極楽があると聞いてきたのだがな」

「この辺りは、どこへ行っても極楽でさァ。桜は綺麗だし、眺めはいいし、料理は旨《うめ》えし……」

男が目を細めて言った。

「手間をとらせたな」

源九郎は男にそう言って、その場から離れた。これ以上、訊いても得ることはないと思ったのである。

それから、源九郎は場所を変え、何人かの男をつかまえて話を聞いたが、これといった収穫はなかった。ただ、極楽と聞いて、女郎屋のことではないかという者が多かった。男にとって、極楽のような思いをさせてくれるところと言えば、女郎屋が頭に浮かぶのかもしれない。

源九郎が約束した場所にもどると、孫六と平太が待っていた。

「どうだ、そばでも食いながら話すか」

陽は高かったが、西の空にまわっていた。八ツ（午後二時）ごろかもしれない。

源九郎たちは通り沿いにあったそば屋に入り、小上がりの隅に腰を落ち着けた。遊山客らしい男がふたり、そばをたぐっていたので、源九郎たちは小声で話した。

源九郎は聞き込んだことをかいつまんで話した後、

「どうだ、何か知れたか」

と、ふたりに訊いた。

まず、孫六が話し、つづいて平太が聞き込んだことをしゃべったが、およしたちの監禁場所につながるような話はなかった。

ただ、孫六が、源九郎が耳にしたことと同じことを聞き込んできたので、かえって気になった。

「極楽は、女郎屋のことかもしれやせんぜ。あっしが話を訊いた男が、極楽のような思いをさせてくれるところなら、女郎屋のことではないかと話したんでさア」

「だが、向島に女郎屋はないぞ」

源九郎が言った。

「女郎屋と同じように女を抱かせてくれるところが、どこかにあるんじゃァねえかな」

そう言って、孫六が目をひからせた。

「そうかもしれん」

源九郎は、料理屋や料理茶屋なども探ってみる必要があるような気がした。

源九郎たちは、喉が渇いていたので酔わない程度に酒を飲み、そばをたぐってから店を出た。

まだ、船寄にもどるのはすこし早かったので、源九郎たちは帰りがけに通りかかった者から話を聞いたが、得るものはなかった。

船寄にもどると、菅井たち三人が待っていた。まだ、百造の舟は来ていなかったので、その場で聞き込んだことを話すことにした。

源九郎たち三人が聞き込んだことをかいつまんで話した後、

「おれたちは、墨堤を歩きながら聞き込んだのだが、仁兵衛のことも極楽のことも、これといった話は聞けなかった。ただ、ひとつだけ分かったことがある」

菅井が言った。

「なんだ」

「船頭の芝造のことだ。通りかかった船宿の船頭から聞いたのだがな。いまも、望月屋《もちづきや》という料理茶屋の船頭をしているらしい。それに、金のうなっている蔵宿《くらやど》のあるじや身分のある武士を乗せていることが多いそうだ」

蔵宿とは札差《ふださし》のことである。ほとんどの札差が浅草御蔵の近くに大店《おおだな》を構え、富商が多かった。浅草御蔵の辺りから、舟を使えばすぐに向島に来られる。

「それで」

源九郎が話の先をうながした。

「その船頭が乗せた蔵宿のあるじが、望月屋のことを極楽亭と呼んだのを耳にしたというのだ」

「なに！　極楽亭だと」

思わず源九郎の声が大きくなった。

「極楽とは極楽亭のことではないか」

「まちがいない。それで、望月屋はどこにある」

「三囲稲荷神社の先らしい」

「わしらが、話を聞いた先か」

そう言って、源九郎は孫六と平太に目をやった。

源九郎たちが、そんなやりとりをしているところに百造の舟が来た。源九郎たちは、明日望月屋を探ってみることにして舟に乗った。

四

「あれではないか」

菅井が指差した。

田園のなかに、雑木や松の入り交じった疎林があった。そのなかに、料理茶屋らしい二階建ての店が見えた。

そこは、三囲稲荷神社から三町ほど東に位置し、通りから料理茶屋につづく道が田園のなかにあった。客はその道を通って料理茶屋に行くらしい。

源九郎たち六人で、墨堤に聞き込みにきた翌日だった。八ツ半（午後三時）ごろである。西にまわった陽が、料理茶屋につづく道を照らしていた。

「あれが、望月屋だな」

源九郎が言った。

そばに、孫六と茂次も立っていた。平太と三太郎の姿はなかった。ふたりは、いっしょに来ると言ったが、長屋に残してきた。行き先が分かっていたので、大勢で来る必要はなかったのだ。

源九郎たちは三囲稲荷神社の近くで望月屋はどこにあるか聞いてから、この場に来ていたのだ。

「どうしやす」

孫六が林に目をやったまま訊いた。

「探ってみよう。……ただ、気付かれないようにしないとな」

「旦那、この道を店の前まで行ったら、やつらに気付かれるかもしれねえ。途中で林に入りやしょう」

「それがいい」

源九郎たちは、望月屋につづく道に入るとばらばらになった。四人で、まとまって歩くと目立つからである。

源九郎たちは林のところまで来ると、道からはずれて林間に入った。地面には枯れ葉が積もり、灌木や隈笹《くまざさ》などが茂っていた。

源九郎たちは音のしないようにそろそろと歩き、通行人や望月屋の者に見えないように灌木の陰に身を隠すようにして望月屋にむかった。

望月屋は、老舗の料理茶屋とはちがった華やいだ雰囲気があった。戸口は洒落《しやれ》た紅殻格子《ベンガラごうし》で、二階の軒先から幾つもの提灯《ちようちん》が下がっていた。すでに客がいるらしく、二階の座敷から弦歌の音や嬌声《きようせい》、客の笑い声などが聞こえてきた。

「なかなかの店だが、変わったところはないな」

源九郎が小声で言った。店の外観はすこしちがうが、客が飲食している様子は、柳橋や浅草などで目にする老舗の料理茶屋と変わりないようだ。

「店の裏手に、まわってみやすか」

孫六が言った。

「行ってみよう」

源九郎たちは、林のなかを忍び足で歩いた。

店の裏手にまわると黒板塀で囲ってあった。塀のなかに、松、紅葉、椿などの庭木が植えてあり、枝葉を茂らせていた。

源九郎たちは、塀沿いを店の裏手へむかった。

「そこにも、店があるようだぞ」

菅井が指差した。

松や紅葉などの庭木の葉叢《はむら》の間から、建物の屋根と戸口が見えた。数寄屋《すきや》ふうの家屋である。

「望月屋の離れではないか」

「そうらしいが、妙に静かだな」

源九郎は、ただの離れではないような気がした。

「だれか、来る！」

孫六が声を殺して言った。

塀の向こうで、離れの方に近付いてくる足音がした。源九郎たちは板塀の隙間や節穴からなかを覗いた。

庭木の葉叢の間から、ふたりの男の姿が見えた。

……長屋を襲ったふたりだ！

源九郎は、ふたりの男に見覚えがあった。ひとりは牢人だった。もうひとりは、遊び人ふうの男である。

ふたりの男は離れの戸口に立つと、何やら声をかけてから格子戸をあけた。離れのなかから、かすかにくぐもったような話し声が聞こえた。男の声であることは分かったが、話の内容までは聞き取れなかった。

「ここが、極楽亭かもしれねえ」

菅井が声をひそめて言った。

「わしも、そうみた」

源九郎の声が昂《たかぶ》っていた。

「およしたちは、ここに閉じ込められてるんじゃァねえかな」

そう言って、孫六が目をひからせた。

「確かめたいな」

源九郎も、およしたちはここに監禁されているような気がしたが、下手に踏み込めば助け出すどころか、およしたちが命を失うことになるかもしれない。

「忍び込みやすか」

「暗くなってからだな」

源九郎は、暗くなれば、板塀のなかに忍び込めるのではないかと思った。離れに近付けば、およしたちの監禁場所も、離れがどんなことに使われているかも分かるかもしれない。

源九郎たちは林のなかで暗くなるのを待つことにした。すでに、陽は沈みかけていたし、そう長時間待たなくても暗くなるだろう。それに、今日はいつごろもどれるか分からなかったので、百造には暮れ六ツの鐘が鳴っても船寄にもどらなかったら、長屋に帰るように話してあった。

辺りは夜陰に染まっていた。すこし風があった。庭木の葉が、サワサワと揺れている。

離れに灯《ひ》が点《とも》り、男の笑い声や嬌声などが聞こえてきた。離れに何人かの客が入ったらしい。女の声の主は、女将《おかみ》や女中ではないらしかった。ただ、およしやおきくとは、思えなかった。なまめかしい女の声には、媚《こ》びるようなひびきがあったのだ。

「そろそろ、踏み込むか」

菅井が小声で言った。

「こっちでさァ」

孫六が先にたって板塀に沿って歩きだした。

すこし歩くと、切り戸があった。そこから林のなかに小径がつづいている。離れから、表の料理茶屋を通らずに林のなかを抜けて三囲稲荷神社につづく道に出られるようだ。孫六は暗くなる前に板塀のまわりを探って、この切り戸を見つけておいたのである。

切り戸はすこしあいていた。そこは離れの者が出入りするだけなので、戸締まりなどしてないのだろう。

五

「入《へ》りやすぜ」

孫六が声をひそめて言い、切り戸を音のしないようにあけた。

板塀の内側は真っ暗だった。ちょうど太い樫が枝葉を茂らせていて、月光を遮っていたのである。

風で、樫の枝葉がザワザワと揺れていた。源九郎たちの足音を消してくれる。源九郎たちは、葉叢の間からわずかに射し込んでくる離れの灯と聞こえてくる人声を頼りに、手探りで離れの方にむかった。

樫の樹陰から出ると、月明りと離れから洩《も》れてくる灯で、そこが離れの裏手の板場近くらしいことが知れた。

男の話し声と水を使う音や瀬戸物の触れ合うような音が聞こえた。板場で客に出す料理や酒の支度をしているらしい。

離れは、思ったより大きかった。部屋が四、五間《ま》はあるようだ。客用の座敷の他にも部屋があるのかもしれない。

「離れを探ってみるか」

菅井が小声で言った。細い双眸《そうぼう》が夜陰のなかで、青白くひかっている。蛇《くちなわ》を思わせるような目である。

「向こう側にまわってみよう」

源九郎たちは足音を忍ばせ、離れの裏手をたどって向こう側へまわった。源九郎たちが踏み込んだ側には厠《かわや》や廊下があるらしく、座敷の様子は探れないとみたのである。

部屋は五間であろうか。手前の二間はすこし狭い造りになっているようだ。雨戸がたてられ、物音は聞こえてこなかった。客は入っていないらしい。

表からつづく三間の明かり取りの窓から淡い灯が洩れていた。色欲を煽《あお》るような緋色《ひいろ》を帯びた灯の色である。その三間から嬌声と男の哄笑《こうしょう》などが聞こえてきた。客が遊女を相手に酒色に耽《ふけ》っているようだ。

源九郎は、ひっそりとしている手前の部屋の雨戸に身を寄せ、聞き耳をたてた。

……だれかいる！

源九郎は、かすかな物音を聞いた。雨戸近くである。

鼠や猫などの小動物が動く音ではない。衣擦《きぬず》れの音である。しかも、物音は雨戸からすこし離れた場所でもした。ふたり以上いるらしい。

「閉じ込められているのは、ここかもしれんぞ」

源九郎が声を殺して言った。

すぐに、菅井と孫六が雨戸に耳を寄せた。

「いる！」

菅井が目を剝《む》き、声を出さずに口の動きだけで伝えた。

孫六も目を見開いてうなずいた。

「待て、およしたちかどうか確かめる」

源九郎が声を殺して言った。

「どうやって」

菅井が細い目を一杯に見開いた。

「見てろ」

源九郎は、雨戸を指先でコツコツとたたいた。部屋にいる者だけに聞こえるかすかな音である。それに、樹木の枝葉を揺らす風音が、雨戸をたたく音を消してくれた。

すると、衣擦れの音がやんだ。部屋のなかにいる者が、息を呑んで雨戸を見つめているようだ。

源九郎は雨戸の隙間に口を近付け、

「およしか。長屋の華町だ」

昼だけ動かしたようなかすかな声で言った。部屋のなかにいる者にしか聞こえないちいさな声である。

すると、ウウッ、と部屋のなかで呻《うめ》くような声がした。猿轡《さるぐつわ》をかまされているらしい。

源九郎は雨戸から身を離し、

「およしは、ここにいる」

と、菅井と孫六に口の動きだけで伝えた。

すぐに、源九郎たちはその場を離れた。およしたちが、ここに閉じ込められていると分かったのである。

その夜、源九郎たちは三囲稲荷神社近くにあった小料理屋で閉店まで酔わない程度に酒を飲んで過ごし、その後は、三囲稲荷神社の裏手にある弘福寺の本堂の軒下で仮眠をとった。

翌朝、源九郎たちはふたたび望月屋近くにいって付近の店の者や常連客らしい男などをつかまえて、話を聞いた。その結果、望月屋のあるじの名は重造《しげぞう》という名だが、仁兵衛らしいことが分かった。

近くの料理屋の包丁人が、

「重造さんは、十年ほど前は深川で料理屋をやってましてね。そのころは、仁兵衛と名乗っていたようですよ」

そう、話したのだ。

包丁人によると、仁兵衛はつぶれかけていた望月屋を居抜きで買い取り、古い店を改装して、いまの店にしたそうだ。

「店の裏手に離れがあるらしいな」

源九郎はそれとなく、離れのことも聞いた。

「あれは、特別な上客だけ入れるところで、いろいろ楽しめるようですよ」

包丁人は口許に薄笑いを浮かべて言った。

源九郎たちは、離れで見かけた牢人のこともそれとなく訊いてみた。

「里崎《さとざき》さまは、旦那の用心棒みたいなものですよ」

包丁人はそう言い残し、源九郎たちから離れた。

牢人は里崎という名らしい。

源九郎は松沢のことも聞いてみたかったが、包丁人は急いでいるようで、源九郎の問いを遮るようにして離れていった。

さらに、源九郎たちは何人かに声をかけて話を聞いたが、これといったことは知れなかった。

「華町、これだけ分かれば十分だ。およしたちを助け出そう」

菅井が言った。

「だが、長屋の者だけでは、仁兵衛たちは捕らえられないぞ」

夜陰に紛れて離れに忍び込み、およしたちを助け出すことはできるかもしれない。だが、仁兵衛や松沢たちには手が出せない。

「うむ……」

菅井がけわしい顔をすると、

「村上《むらかみ》の旦那の手を借りやしょう」

孫六が、栄造に話して村上の耳に入れれば、捕方を望月屋にむけるはずだと話した。

村上彦四郎《ひこしろう》は南町奉行所の定廻り同心だった。これまで、源九郎たちは長屋の者たちだけでは手に負えないような大きな事件《やま》は、村上に話して手を借りることがあった。

「よし、仁兵衛は村上どのにまかせよう」

源九郎は、村上も喜んで捕方をむけると思った。何人もの娘を攫った一味を捕縛できれば、手柄になるはずである。

六

「出かけるぞ」

源九郎が、集まっている男たちに声をかけた。

源九郎の家に顔をそろえたのは、菅井、孫六、茂次、三太郎、平太、それに船頭の百造だった。これから、源九郎たちは向島に出かけ、望月屋の離れに監禁されているおよしたちを助けるのである。

源九郎たちが望月屋の離れを探り、およしたちが監禁されているのをつきとめてから四日経っていた。この間、源九郎と孫六は栄造に会って、ことの次第を知らせた。

栄造は驚くとともに喜び、

「すぐに、村上の旦那に知らせやす」

と言って、その日のうちに村上と会い、仁兵衛や監禁されているおよしたちのことを知らせた。

村上は、日を置かずに望月屋に捕方をむけることを決め、源九郎たちと会った。そして、今日の午前中に望月屋に踏み込むことにした。午前中にしたのは、望月屋に客の入る前を狙ったのだ。

五ツ（午前八時）ごろだった。源九郎たちは、これから百造の舟で向島まで行くのである。

路地木戸を出たところで、

「気になっていることがあるのだがな」

菅井が眉《まゆ》を寄せて言った。

「なんだ」

「松沢だ。まだ、やつの居所がつかめていない」

「うむ……」

源九郎も、松沢のことは気になっていた。このまま取り逃がせば、何をするか分からない。腕がたつだけに、ここで始末をつけたかったのだ。

「手はある」

源九郎が声をあらためて言った。

「望月屋には、船頭の芝造や長屋を襲った者もいるはずだ。そいつらなら、松沢の居所を知っている。捕らえたら、すぐに松沢の居所を吐かせよう」

「それがいい」

菅井が顔をけわしくしてうなずいた。

源九郎たちは、一ツ目橋近くの桟橋から百造が用意した舟に乗った。

風のない静かな日だった。竪川も大川も、おだやかである。源九郎たちの乗る舟は、吾妻橋をくぐると、水押を右手にむけた。そして、水戸家の下屋敷の前を過ぎると、

「舟を着けやすぜ」

百造が声をかけ、水押を船寄にむけた。

船寄には三艘の猪牙舟が舫い杭に繫いであり、二十人ほどの男が集まっていた。捕方たちである。栄造と村上の姿もあった。

村上も捕方たちも、捕物装束ではなかった。ふだん市中を巡視しているときの恰好《かっこう》である。奉行に上申して捕方を集めれば、仁兵衛たちが気付く恐れがあり、村上はあえて奉行に上申しなかったのだ。巡視の途中、人攫い一味を見掛けて急《きゅう》遽《きょ》手先を集めて捕縛したことにするのである。そうしたことも、村上は源九郎たちに話してあった。

源九郎たちが舟から船寄に下りると、すぐに村上と栄造が近寄ってきた。

「仁兵衛は、望月屋にいるようだ」

村上が源九郎たちに言った。すでに、村上の手先が望月屋を探りにいっているという。

「捕方は、他に十人ほどいやす」

栄造が言い添えた。

都合捕方は三十人ほどである。それに、源九郎たち六人もくわわる。望月屋と離れと二手に分かれるので、十分とは言えないが、何とかなるだろう。

「行くぞ」

村上が捕方たちにも聞こえる声で言った。

村上や源九郎たちは、船寄から大川沿いの墨堤に出ると、桜並木のなかをいっとき川上にむかって歩いてから、右手の通りへおれた。そこは、三囲稲荷神社に通じている道である。途中出会った参詣客や遊山客などが、驚いたような顔をして村上や源九郎たちの一行を見送ったが、騒ぎ立てる者はいなかった。捕物とは思わなかったのだろう。

三囲稲荷神社を過ぎたところで、ふたりの手先が待っていた。ふたりは、すぐに村上に駆け寄り、異常がないことを伝えた。

「望月屋に仁兵衛はいるな」

村上が念を押すように訊いた。

「いるはずでさァ。やつは、店から出てやせん」

小柄な男が、昂った声で言った。

「よし、行くぞ」

村上はそばにいる源九郎たちだけでなく、捕方たちにも聞こえる声で言った。

村上や源九郎たちは、望月屋の店先に出る田園のなかの道に入ると、足早になった。一隊は林には入らず、望月屋の近くまで来た。

源九郎たち六人は足をとめ、

「わしらは、林を通って裏手にむかう」

と源九郎が村上に伝え、林のなかに踏み込んだ。

源九郎たちは急いだ。村上たちが望月屋に踏み込む前に、離れに入りたかったのだ。林を抜け、板塀の切り戸のところまで来ると、

「入りやすぜ」

と孫六が声をかけ、切り戸をあけた。

源九郎たち六人は、すぐに切り戸からなかに入った。離れの裏手は静かだった。板場と思われる辺りで水を使う音が聞こえたが、話し声はしなかった。まだ、客は入っていないようだ。

源九郎たちは離れの背戸の近くまで来ると、椿の樹陰に身を隠した。

「ここにいてくれ。おれと孫六とで、およしたちが閉じ込められている部屋に入れるか見てくる」

源九郎はすぐに孫六を連れてその場を離れた。部屋の雨戸があけば、そこから侵入しておよしたちを助けようと思ったのである。

七

源九郎と孫六は、およしたちが閉じ込められている部屋の前まで来ると、雨戸

に耳を当てた。

……いる！

衣擦れの音や足で畳を擦《こす》るような音がした。

源九郎は雨戸を引いてみたが、あかなかった。戸締まりがしてあるらしい。

「孫六、引き返すぞ」

源九郎はここに来る前から、雨戸があかなかったら背戸から侵入しようと考えていた。雨戸を打ち破れば、大きな音がする。離れにいる男たちが、源九郎たちがおよしたちを助け出す前に駆け付けるだろう。そうなると、およしたちを助け出すのがむずかしくなるのだ。

源九郎たちは裏手にとって返すと、

「裏手から、入るしかない」

と、菅井たちに伝えた。

「よし、背戸から踏み込むぞ」

菅井たちが立ち上がった。

背戸は板戸になっていた。すこしあいたままになっていた。離れにいる者が出入りしたのだろう。

「開けやすぜ」

茂次が小声で言って、板戸をあけた。

土間に竈《へっつい》と薪《まき》置き場があり、土間の先が板敷きの間になっていた。そこは板場である。板場にふたりいた。包丁人と年配の下働きらしい男である。

「だ、だれでえ！」

包丁人が、声を上げた。

「盗人《ぬすっと》！」

下働きらしい男はひき攣《つ》ったような顔をし、丼を手にしたまま後じさった。源九郎たちを見て、盗賊が押し入ってきたと思ったようだ。

菅井、茂次、三太郎の三人が板敷きの間に飛び上がり、板場にいたふたりに近付いた。菅井は居合の抜刀体勢をとっている。

源九郎、孫六、平太の三人は、板敷きの間に踏み込むと、左手にある廊下の方に走った。この場は菅井たちにまかせ、およしたちを助け出すのである。

「旦那、こっちだ！」

孫六が指差した。

廊下があった。表につづいているらしい。廊下の右手に障子や襖などがしめてあった。廊下沿いに何部屋かつづいているようだ。

「およしたちがいるのは、手前の部屋だ」

源九郎が言った。

そのときだった。板場で、ギャッ！　という絶叫が聞こえた。包丁人か下働きの男が逃げようとして、菅井に斬られたのかもしれない。

源九郎たちは、かまわず廊下に踏み込んだ。

板場の叫び声を聞き付けたのか、廊下の先の部屋で、「どうした！」「板場で何かあったようだぞ！」などという男の声が聞こえた。離れにいる男たちが、板場に様子を見にくるかもしれない。

源九郎たちは手前の部屋の障子の前に立つと、

「あけるぞ」

と言いざま、源九郎が障子をあけた。

なかは薄暗かった。女がふたり、座敷にいた。ひとりは廊下近くで、もうひとりは窓寄りである。ふたりは小袖姿で後ろ手に縛られ、柱にくくりつけられていた。なかは薄暗く、顔がはっきりしなかった。顔や首筋の白い肌が、ぼんやりと浮き上がったように見える。ふたりとも、猿轡はかまされていなかった。

源九郎たちは座敷に踏み込むと、

「およしか、助けに来たぞ」

源九郎が窓寄りの娘に声をかけた。

「は、華町さま……」

およしが声をつまらせて言った。薄暗い部屋のなかでも、源九郎のことが分かったようだ。以前、源九郎がこの部屋におよしがいるかどうか確かめたとき、声をかけたので、およしには、源九郎が助けに来てくれるという思いがあったのかもしれない。

「いま助けてやる」

源九郎はおよしに近寄り、後ろ手に縛ってある縄を小刀で切った。

およしは両手が自由になると、急に両手で顔を覆って、オンオンと泣き出した。まだ、子供である。

こうしている間に、孫六と平太がもうひとりの娘の縄を切ってやった。その娘が、おきくだった。

源九郎はしゃくり上げているおよしの顔を覗くように見て、

「およし、他にも攫われた娘がいるな」

と、訊いた。源九郎は他の娘も助けてやろうと思ったのである。

「と、隣の部屋に……」

およしが涙声で言った。

そのとき、廊下を荒々しく歩く音が聞こえた。数人の足音である。表の部屋にいた男たちが、板場の方へ来るようだ。

すると、板場の方から、「廊下だ! 迎え撃つぞ」と菅井の声が聞こえ、廊下を踏む足音がひびいた。菅井たちが、表から来た男たちを迎え撃とうとしているようだ。

源九郎はおよしを平太に頼み、隣の部屋とのしきりになっている襖をあけた。なかに、娘が三人いた。こちらは、縛られていなかった。緋色《ひいろ》の襦袢《じゅばん》に派手な柄の小袖を羽織っていた。三人の娘は突然部屋に入ってきた源九郎たちを見て、凍りついたように身を硬くした。

「お初はいないか」

源九郎が訊いた。

すると、部屋の隅にいたほっそりした娘が、

「あ、あたし……」

と、声を震わせて言った。

「わしらは、猪助に頼まれて助けにきたのだ」

源九郎は、お初の父親の猪助の名を出した。お初を信用させるためである。

すると、お初の顔が急にゆがんだ。口から呻き声のような嗚咽《おえつ》が洩れ、目から溢れ出た涙が頬をつたった。

「おまえたちも、攫われてここにきたのではないか」

源九郎が他のふたりに訊いた。

すると、お初より年嵩《としかさ》と思われる娘が、

「あ、あたし、攫われて、ここに……」

と涙声で言った。

「あ、あたしも」

もうひとりの娘が、両手で顔をおおって泣き出した。

このとき、廊下側の襖が荒々しく開けはなたれ、男がひとり姿を見せた。

「華町だ！　女たちの部屋にいるぞ」

男が叫んだ。遊び人ふうの男である。顔がはっきり見えなかったが、源九郎のことを知っているようだ。

「孫六、平太、娘たちを頼む」

言いざま、源九郎は抜刀し、顔を出した男に迫った。

「き、きやがった!」

男は後じさって廊下へもどった。

部屋から出ると男の顔が見えた。名は知らないが、はぐれ長屋に踏み込んできたひとりである。

八

廊下では、菅井が牢人体の男と対峙《たいじ》していた。里崎である。

すでに、菅井と里崎は一合したとみえ、菅井は抜刀して脇構えをとっていた。対する里崎は青眼だった。

里崎の肩から胸にかけて小袖が裂け、血の色があった。顔がゆがんでいる。

……菅井が後れをとることはない。

とみた源九郎は、廊下を出てから遊び人ふうの男に切っ先をむけた。廊下は狭く、なかから刀をむけることができなかったのだ。

廊下には、三人の男がいた。里崎、遊び人ふうの男、それに船頭の芝造である。遊び人ふうの男と芝造が手にした匕首《あいくち》が震えていた。

「は、華町だ！　太刀打ちできねえ」

芝造は廊下の隅を横歩きして、表へ逃げようとした。

「逃がさぬ！」

源九郎が一歩踏み出し、手にした刀を一閃《いっせん》させた。

ザクッ、と芝造の小袖が肩から背にかけて裂け、あらわになった肌から血が迸《ほとばし》り出た。芝造はよろめきながら表へ逃れた。深手である。

これを見た遊び人ふうの男は、狂乱したように手にした匕首をふりまわし、源九郎の前を走り抜けようとした。

タアッ！

鋭い気合を発し、源九郎が刀を横に払った。

切っ先が、男の首をとらえた。血飛沫《ちしぶき》が驟雨《しゅうう》のように飛び散り、襖に当たってバラバラと音をたてた。男は血を撒《ま》きながら、その場に転倒した。

このとき、菅井と里崎は依然、廊下で対峙していた。

廊下で男の倒れる音がひびくと、その音に反応したかのように菅井が動いた。

足裏で廊下を摺《す》るようにして、一歩踏み込んだのだ。

すると、里崎の全身に、斬撃の気がはしった。

イヤアッ！

里崎が、甲走った気合を発して斬り込んだ。

青眼から真っ向へ——。

切っ先を前に突き出すような斬撃だった。

刹那《せつな》、菅井は一歩身を引いた。里崎の切っ先は菅井の胸のあたりをかすめて空を切った。菅井は一寸の差で、里崎の切っ先を見切ったのだ。

次の瞬間、菅井の体が躍り、刃光がはしった。

脇構えから逆袈裟《ぎやくげさ》へ——。

里崎の脇腹から胸にかけて小袖がザックリと裂け、赤くひらいた傷口から血が奔騰《ほんとう》した。里崎は血を撒きながらよろめき、座敷の襖に肩先から突き当たり、腰から沈むようにずるずると倒れ込んだ。襖に飛び散った血が、沈むように倒れる里崎に合わせて太い筆で擦り付けるように赤い筋を引いていく。

菅井は血刀を引っ提げたまま里崎の脇に立っていた。気が昂《たかぶ》っているのだろう。目が異様なひかりをはなっている。

「菅井、大事ないか」

源九郎が菅井に声をかけた。

「おれのことより、およしたちは、どうした」

菅井が訊いた。

「助けた。攫われた娘たちが、五人もいたぞ」

「攫われた娘たちは、ここに集められていたのか」

「そのようだ」

源九郎と菅井がそんなやり取りをしているところに、孫六と平太がおよしたち五人の娘を連れて廊下に出てきた。

「娘たちを頼むぞ」

源九郎はそう言い置き、廊下を足早に表にむかった。

源九郎は、やり残したことがあった。松沢の居所を聞き出さなければならない。源九郎はこの場から逃げた芝造から訊こうと思った。芝造は深手だった。この離れから逃走する余力はないとみていたのだ。

「おれも行く」

菅井が後を追ってきた。

芝造は離れの戸口でへたり込んでいた。芝造の小袖がどっぷりと血を吸っていた。袂まで血に染まっている。

芝造は蒼《あお》ざめ、体を顫《ふる》わせていた。源九郎と菅井が近寄っても逃げようとしなかった。顔が恐怖にゆがんだだけである。

「芝造、松沢はどこにいる」

源九郎が腰を落とし、芝造の顔を見すえて訊いた。

「……！」

芝造は答えなかった。

「おまえは、舟で松沢を送り迎えしたはずだ。松沢の塒《ねぐら》は知っているだろう」

「き、菊屋《きくや》……」

芝造が喘《あえ》ぎながら言った。

「菊屋というのは、料理屋か」

「こ、小料理……」

そこまで言ったとき、芝造の首ががっくりと前に落ちた。

「死んだ」

菅井がつぶやくような声で言った。

「菅井、菊屋を知っているか」

源九郎が訊いた。

「知らないが、小料理屋らしいな」

菅井が、松沢の情婦《いろ》が小料理屋でもやっているのではないか、と言い添えた。

源九郎と菅井はその場を離れ、助け出したおよしたちを連れて望月屋にむかった。板塀の外へ出ずに、庭を通って望月屋の店先へ行けるようになっていた。

望月屋の戸口近くに、村上をはじめ捕方たちが集まっていた。村上たちの捕物も終わったようである。

源九郎たちが助け出したおよしたちを連れて望月屋の戸口に近付くと、村上と栄造が歩を寄せ、

「攫われた娘たちか」

村上がおよしたちに目をむけて訊いた。

「五人もいたよ」

源九郎が助け出したときの様子をかいつまんで話した。

「いなくなった娘たちは、みんな仁兵衛たちの仕業か。神隠しではなかったわけ

だな」

「そのようだ」

「ともかく、無事でよかった」

村上はほっとした顔をした。

「仁兵衛は」

源九郎が訊いた。

「捕らえたよ。戸口にいる」

そう言って、村上が望月屋の戸口を指差した。

見ると、でっぷり太った男が、縄をかけられて立っていた。数人の捕方が、男を取り囲んでいる。浅黒い顔をした眉の濃い男だった。初老であろうか、眉や鬢《びん》に白髪が交じっていた。

捕縛されるとき、抵抗したのであろうか。仁兵衛の額に痣《あざ》があり、赤く腫《は》れていた。十手で殴られたのかもしれない。

仁兵衛のそばに、縄をかけられた男が三人いた。村上によると、包丁人や若い衆などで逃げようとしたので捕らえたという。

「こいつらも、娘たちを攫った一味かもしれねえ」

村上が伝法な物言いをした。思わず、村上の地が出たようだ。八丁堀同心は土地のやくざ者や無宿者、凶状持ちなどと接触する機会が多く、どうしても言葉遣いが乱暴になるのだ。

「ところで、菊屋という小料理屋を知っているか」

源九郎が村上と栄造に目をやって訊いた。

「知らないが、小料理屋がどうかしたのか」

村上が訊いた。

「いや、松沢勘兵衛は菊屋という小料理屋にいるかもしれないのだ」

源九郎は、芝造が息を引き取る直前に口にしたことを話した。

「捕らえた仁兵衛たちに訊けば、分かるのではないか」

村上が言った。

「そうだな」

源九郎は、いずれにしろ向島のどこかにいるのではないかと思った。松沢が芝造の舟で頻繁に向島に来ていたのは、情婦がいたからであろう。

第六章　決　闘

一

源九郎が井戸端で顔を洗ってもどると、家の戸口に望月屋の離れから助け出したおよし、父母の政吉とおくら、それにお熊とおとよの姿があった。

源九郎たちが、およしたちを助け出して三日経っていた。およしたちは村上から一通り話を訊《き》かれた後、親元に帰されたのだ。

およしとおくらは、手に大皿と丼を持っていた。大皿には握りめしが三つ、脇に薄く切ったたくわんが何枚も載せてあった。源九郎のために朝めしを用意してくれたようだ。

およしが長屋にもどったその日のうちに、政吉とおくらはおよしたちを助け出した源九郎たちのところに礼にまわったが、あらためて礼を言いにきたのかもしれない。

おくらが源九郎の前に来ると、

「およしの好物の煮染《にしめ》を作ったんです。そしたら、およしが、華町の旦那にも食べてもらいたい、と言うので……」

と、顔を赤くして言った。

およしの手にした丼には、ひじきの煮染が入っていた。蒟蒻《こんにゃく》と油揚もいっしょに煮染めてある。

「それは、ありがたい。わしは、煮染が好物なのだ」

源九郎は目を細めた。

「そこで、おくらさんたちと顔を合わせてね。どうせなら、あたしらでお茶でも淹《い》れようかと思っていっしょに来たんですよ」

お熊が言うと、およが、

「茶を淹れるからね」

と言い添えた。

「いつも、すまんな」

源九郎は笑みを浮かべてそう言ったが、腹のなかで、「大勢で押しかけられては、ゆっくり朝めしも食えん」とつぶやいた。

「旦那、先に食べてて。お茶を淹れてくるから」

そう言い置いて、お熊はおとよとふたりで戸口から離れた。

これから、源九郎の家で火を焚《た》いて湯を沸かすわけにはいかないので、お熊の家で淹れてくるようだ。お熊の家には、湯が沸いているのだろう。

お熊の家は、源九郎の家の斜向《はす》かいにあった。家に帰るといっても、すぐ近くである。

源九郎は上がり框《がまち》のそばに腰を下ろし、握りめしを頬ばりながら煮染を口に運んだ。いい味である。

「どうだな、すこし落ち着いたかな」

源九郎が上がり框に腰を下ろしているおよしに訊いた。

「はい、また長屋で暮らせるようになったのも、華町さまたちのお蔭です」

およしが涙ぐんで言った。

「怪我もなくて、よかった」

源九郎は、ふたつ目の握りめしに手を伸ばした。

次に口をひらく者がなく、源九郎が握りめしを頬ばる音だけが聞こえていたが、

「もう人攫《ひとさら》いに遭《あ》うことはないでしょうかね。……五人も攫われていたと聞いて、あたし、心配で……」

おくらが眉《まゆ》を寄せて言った。

「あっしから、かかァと娘に、華町の旦那たちが人攫い一味をつかまえたから何の心配もねえ、と話したんですがね。女たちは心配らしくて……」

そう言った政吉の顔にも、不安そうな色があった。

源九郎は、政吉たち三人がここに顔を出した理由が分かった。煮染を食べてもらいたいという気持ちと、源九郎の話を聞いて胸の内の不安を払拭《ふっしょく》したいという気持ちがあったのだろう。

「もう、心配ないぞ。人攫い一味は、八丁堀の旦那たちがひとり残らずお縄にしたからな」

源九郎が声を強くして言った。

ただ、源九郎の胸の内には懸念があった。まだ、一味のひとり、松沢勘兵衛が残っていたのである。

「よかった。……怖くて、娘を外に出せないでいたんですよ」

おくらが、ほっとしたような顔をした。

そんなやり取りをしているところに、お熊とおとよが急須と湯の入った鉄瓶、それに盆に載せた湯飲みを持ってきた。湯飲みは、六つもあった。お熊たちは、自分たちの分も持ってきたようだ。

それから、お熊たちは半刻（一時間）ちかくもとどまって、お茶を飲みながらおしゃべりの花を咲かせた。どうやら、お熊たちは自分たちも話がしたくて、およしたちについてきたようだ。

源九郎はお熊やおよしたちが帰ると、

……菅井のところへでも行ってみるか。

と思い立って、腰を上げた。傘張りの仕事をする気はなかったし、久し振りに菅井と将棋でも指そうと思ったのである。

源九郎が戸口から出ようとしたところに、当の菅井が茂次を連れてやってきた。

「何か知れたのか」

源九郎が茂次に訊いた。茂次が源九郎に知らせることがあって、ここにきたとみたのである。

それというのも、ここ三日、茂次、孫六、平太、三太郎の四人は、松沢の行方をつかむために、向島に出かけていたのだ。

「やつの居所が知れやした」

茂次が声をひそめて言った。

「そうか。ともかく、入ってくれ」

源九郎はふたりを家に入れ、上がり框に腰を下ろすのを待って、

「松沢はどこにいた」

すぐに、茂次に訊いた。

「向島の長命寺の近くにある小料理屋でさァ」

茂次によると、小料理屋の店の名が菊屋だという。

長命寺は、景観のいい墨堤沿いにあることから参詣客や遊山《ゆさん》客が多かった。桜餅が有名である。

茂次によると、長命寺の近くに菊屋という小料理屋があり、松沢はそこに身を隠していたそうだ。小料理屋といっても、縄暖簾《なわのれん》を出した飲み屋とあまり変わらない店で、長命寺に来た参詣客や遊山客などの他に土地の船頭なども顔を出すと

いう。

「よく分かったな」

源九郎が言った。これまでも、菊屋を探すために墨堤沿いにある長命寺の前も歩いたはずである。

「飲み屋のような店でしてね。ちょいと見ただけでは、菊屋なんてえ洒落《しゃれ》た名の店には見えねえんでさァ。それで、気付かなかったようで」

茂次によると、通りかかった近所の住人に訊いてやっと分かったという。

源九郎と茂次のやり取りが終わったところで、

「華町、松沢を斬るのか」

菅井が顔をけわしくして訊いた。

「斬る。松沢を生かしておいては、枕を高くして寝られないからな」

「それで、いつやる」

「早い方がいい。明日にも、向島に行く」

源九郎は、自分の手で松沢を斬りたいと思った。

二

「菅井、手を出すなよ」

源九郎が念を押すように言った。

源九郎は、菅井の居合でも松沢には後れをとるのではないかとみていた。菅井が松沢と立ち合ったとき、源九郎はそばにいてふたりの闘いぶりを目にしていた。

菅井の居合は、松沢の八相からの籠手《こて》斬りと互角だった。菅井は抜刀した後も、脇構えから居合の呼吸で斬り込むことができるが、どうしても居合より威力が落ちる。菅井が刀を抜き合わせて松沢と闘ったら、不利ではあるまいか。

「おれは、検分役だ」

菅井が憮然《ぶぜん》とした顔で言った。

「おれが斬られたら、村上どのにまかせろよ」

「分かった、分かった。おれは、手を出さぬ」

菅井が声を大きくして言った。

源九郎は、菅井は松沢とやる気だ、と思ったが、それ以上言わなかった。菅井にも武士としての矜持《きょうじ》がある。松沢から逃げるわけにはいかないだろう。

ふたりがそんなやり取りをしているところに、茂次が顔を出した。

「そろそろ行きやすか」

茂次が、源九郎と菅井に目をやって言った。

「松沢はいるかな」

源九郎が気になっていたことを訊いた。

「いるはずでさァ。やつが、菊屋から出てくるのは、昼過ぎてからのようで」

茂次が近所で聞き込んだことによると、松沢は夜遅くまで飲んでいることが多く、昼前はあまり店から出てこないという。

「そうか」

「孫六のとっつァんは」

茂次が訊いた。

「先に桟橋にいっているはずだ」

源九郎は、菅井、孫六、茂次の三人を連れて向島に行くつもりでいった。茂次には菊屋まで案内してもらわねばならない。孫六は、源九郎が後れをとるようなことになったら村上に松沢の捕縛を頼むためもあって、連れていくことにした。

菅井は、おれも行くと言ってきかなかったのである。

孫六は菅井より早く来て、「舟で待っていやす」と言い残して、先に長屋を出ていたのだ。

「わしらも行こう」

源九郎は大小を差して戸口から出た。

五ツ（午前八時）過ぎだった。はぐれ長屋は静かだった。男たちは仕事に出かけ、女房連中は朝めしの片付けを終えて、一休みしているころである。

源九郎たち三人が、一ツ目橋近くの桟橋へ行くと、舫《もや》ってある猪牙舟《ちよきぶね》のなかで百造と孫六が待っていた。

「百造、すまんな」

源九郎が声をかけた。このところ、源九郎たちは向島に行く度に、百造に舟を出してもらっていたのだ。

「旦那たちは命を張って、およしたちを助け出してくれたんでさァ。あっしも旦那たちの役にたてれば、こんな嬉しいことはねえんで」

百造が棹《さお》を手にして言った。

「そう言ってもらえると、ありがたい」

源九郎は、そのうち百造にも一杯飲ませようと思った。

源九郎たちが舟に乗り込むと、百造は舟を桟橋から離し、水押《みよし》を大川にむけた。

舟は大川を遡《さかのぼ》り、吾妻橋の下をくぐって水戸家の下屋敷を右手に見ながら船寄に水押をむけた。

船寄には、猪牙舟が一艘だけ舫い杭《ぐい》に繋《つな》いであった。芝造が船頭として乗っていた舟かもしれない。辺りに人影はなく、大川の流れの音だけが聞こえていた。

源九郎たちは舟から下りると、土手の小径をたどって墨堤に出た。

墨堤沿いに桜並木がつづいていた。この桜並木は、八代将軍の吉宗《よしむね》が植樹させたと言われている。

源九郎たちは、桜並木のなかを歩いた。桜の葉はすこし茶褐色を帯びていたが、まだ落葉は始まっていなかった。それでも、大川を渡ってきた風には、秋の気配を感じさせる涼気があった。

右手に三囲稲荷神社の鳥居と社殿が見えてきた。その先には、田園がひろがっている。源九郎たちは、右手に三囲稲荷神社、左手に大川の流れとその先の浅草の家並を見ながら歩いた。そして、長命寺の本堂の甍《いらか》が右手に見えてきたところで、茂次が先にたった。

茂次は長命寺の前を通り過ぎたところで足をとめ、

「菊屋は、そこにあるそば屋の脇でさァ」

そう言って、指差した。

墨堤の道沿いに小体《こてい》な店が三軒並んでいた。菓子屋、そば屋、小料理屋である。茂次が話していたとおり、小料理屋と言っても、飲み屋とかわらない造りだった。その小料理屋が菊屋らしい。おそらく、墨堤に来た遊山客だけでなく、土地の船頭や豪商の別邸の奉公人なども相手にしているのだろう。

「あっしが、様子を見てきやす。旦那たちは、ここにいてくだせえ」

そう言い残し、茂次は足早に菊屋の店先に近付いた。

茂次は店先に身を寄せてなかの様子をうかがっていたが、いっときしてもどってきた。

「どうだ、松沢はいるか」

すぐに、源九郎が訊いた。

「へい、店のなかで、松沢らしい男の声が聞こえやした」

茂次によると、店のなかから女将《おかみ》らしい女の声と男の声が聞こえたそうだ。男は武家言葉を遣ったが、松沢かどうかはっきりしなかったという。

「おれなら、声で分かる」

菅井が言った。菅井は松沢と立ち合ったとき、言葉を交わしていたので声を聞けば分かるのだろう。

「客はいたのか」

源九郎が訊いた。

「いないようでした」

ふたりの他に声は聞こえなかったし、客が飲んでいるような物音もしなかったと茂次が話した。

「行ってみるか」

菅井が先にたち、源九郎たちがつづいた。

菊屋の店先に暖簾が出ていたが、ひっそりしていた。やはり、客はいないようだ。菅井は菊屋の戸口の脇に身を寄せて聞き耳をたて、

「松沢は、なかにいる」

と、声を殺して言った。

三

「踏み込むぞ」

源九郎が菅井に目をやって言った。

源九郎が引き戸を引くと、すぐにあいた。店のなかは薄暗く、土間の先が小上がりになっていた。

小上がりに、人影があった。ふたりいる。男と女である。

源九郎は、土間に踏み込んだ。菅井、茂次、孫六の三人は、戸口の脇にとどまった。様子を見て、踏み込むつもりなのである。

小上がりにいたのは、松沢と年増《としま》だった。年増が菊屋の女将であろう。

松沢は小上がりで酒を飲んでいた。膝先に酒肴《しゅこう》の膳が置いてある。年増が松沢の相手をしていたようだ。

松沢は手にした猪口《ちょく》を口の前でとめたまま、

「華町か」

と、源九郎を見すえて言った。双眸《そうぼう》が薄闇のなかで底びかりしている。

「昼間から酒か」

「暇でなァ。うぬらだな、望月屋を襲ったのは」

「町方だよ。わしらも、いたがな。……おぬし、なぜここから逃げなかった」

源九郎は、松沢が逃げる気になれば、いくらでも逃げられただろうと思った。

「逃げる前にやることがあったのだ」

言いながら、松沢は傍らに置いてあった刀を引き寄せた。

「やることとは」

源九郎が訊いた。

「うぬらを斬ることだ。……ここにいれば、うぬらが顔を出す、そう思ってな。待っていたのだ」

松沢は刀を手にして立ち上がった。

女将が蒼《あお》ざめた顔で、

「お、おまえさん、やめて」

と、声を震わせて言った。

松沢は立ったまま女将に目をやり、

「おせん、ここで待っていろ。すぐに、もどる」

そう言い置いて、小上がりから土間に足をむけた。女将の名は、おせんらしい。

源九郎は、すばやく土間から通りに出た。戸口の脇にいた菅井たちは、慌ててその場から離れた。

源九郎と松沢は通りに出ると、およそ四間の間合をとって足をとめた。

「いくぞ」

松沢が先に刀を抜いた。

すかさず、源九郎も抜刀し、青眼に構えて剣尖《けんせん》を松沢の目線につけた。

松沢は八相に構えた。低い八相である。柄《つか》を握った両拳を右脇にとり、刀身を立てている。菅井と立ち合ったときと同じ構えである。

……遣い手だ！

源九郎は察知した。

松沢の構えは、隙がないだけではなかった。全身から痺《しび》れるような剣気をはなち、いまにも斬り込んできそうな気配があった。

松沢の顔にも、驚いたような表情が浮いた。源九郎の青眼の構えは、どっしりと腰が据わり、剣尖がそのまま眼前に迫ってくるような威圧感があった。松沢も、迂闊《うかつ》に斬りこめない、と察知したはずである。

源九郎と松沢は対峙《たいじ》したまま気魄《きはく》で攻め合っていたが、通りかかった男が、「斬り合いだ！」と叫んだ声を聞いて、松沢が先に動いた。

足裏を摺《す》るようにして、ジリジリと間合を狭めてくる。対する源九郎は動かなかった。気を静めて、松沢の気の動きと間合を読んでいる。

松沢は源九郎との間合が狭まってくるのに合わせ、刀の柄を握った両拳をすこしずつ前に出してきた。全身に、斬撃の気配が高まっている。

……あと、一歩！

源九郎は一足一刀の斬撃の間境まで、あと一歩と読んだ。

そのとき、ふいに松沢の寄り身がとまった。源九郎の隙のない構えに、このまま斬撃の間境を越えるのは危険だと察知したようだ。

松沢は全身に斬撃の気配を見せ、

イヤアッ！

と裂帛《れっぱく》の気合を発し、ピクッ、と刀の柄を握った両拳を動かした。斬り込む、と見せて源九郎の気を乱そうとしたのだ。

だが、この仕掛けで、一瞬、松沢の構えがくずれた。

この一瞬の隙を源九郎がとらえ、

タアッ！

鋭い気合を発して斬り込んだ。

青眼から真っ向へ。

間髪をいれず、松沢の体が躍った。気合とともに低い八相から籠手《こて》を狙って刀を横にはらった。

真っ向と横に払った籠手――。

二筋の閃光《せんこう》が縦横にはしったように見えた次の瞬間、源九郎の鍔《つば》の近くで、ガチッと鳴った。

源九郎は松沢の籠手への太刀筋を読み、真っ向へ斬り下ろしざま、松沢の切っ先を鍔の近くで受けたのである。

次の瞬間、ふたりは背後に跳びざま、二の太刀をはなった。源九郎は刀身を横に払い、松沢は袈裟《けさ》へ斬り下ろした。

一瞬の攻防である。

バサッ、と松沢の右袖が裂けた。

ふたりは大きく間合をとって、ふたたび青眼と低い八相に構えあった。

松沢の右の前腕が裂け、血が噴いていた。源九郎の切っ先が、松沢の籠手をとらえたのである。

一方、源九郎は無傷だった。松沢の袈裟斬りは伸びが足りず、空を切って流れたのだ。

「松沢、勝負あったな」

源九郎が低い声で言った。

源九郎の顔は豹変《ひょうへん》していた。顔が赭黒《あかぐろ》く染まり、双眸がうすくひかっている。好々爺《こうこうや》のような穏やかな表情は消え、剣客らしい凄《すご》みのある顔だった。

「まだだ!」

そう叫んだが、松沢の顔はゆがんでいた。八相に構えた刀身が、小刻みに震えている。斬られた右腕が、震えているせいである。

松沢の気は乱れ、構えから威圧感が失《う》せていた。

「刀を引かねば、わしからいくぞ」

源九郎が趾《あしゆび》を這《は》うように動かし、すこしずつ間合をつめ始めた。

すると、松沢も動いた。摺り足で間合を狭めてくる。ふたりの動きで、間合が一気に狭まった。

一足一刀の斬撃の間境の手前で、ふたりはほぼ同時に寄り身をとめた。

数瞬、松沢は気魄で攻めていたが、構えがくずれてきた。右腕の傷のせいであろう。松沢は対峙しているのに耐えられなくなり、

イヤアッ！

いきなり甲走った気合を発して、斬り込んできた。

八相から真っ向へ——。

だが、太刀筋が乱れ、鋭さもなかった。

源九郎は右手にひらいて松沢の切っ先をかわしざま、鋭い気合とともに真っ向へ斬り下ろした。一瞬の太刀捌《たちさば》きである。

にぶい骨音がし、松沢の顔がゆがんだ次の瞬間、額が割れ、血と脳漿《のうしよう》が飛び散った。源九郎の一撃が、松沢の頭を斬り割ったのである。

一瞬、松沢はその場に棒立ちになったが、すぐに腰から沈むように転倒した。

地面に俯《うつぶ》せに倒れた松沢は、四肢を痙攣《けいれん》させているだけで、頭を擡《もた》げようともしなかった。呻《うめ》き声も息の音も聞こえない。すでに、絶命しているようだ。松沢の頭部から流れ出た血が、地面に赤くひろがっていく。

……終わったな。

源九郎は胸の内でつぶやき、血刀を引っ提げたまま松沢の脇に歩を寄せた。心

ノ臓が高鳴り、荒い息が口から洩《も》れた。

源九郎が心ノ臓の高鳴りを静めようと大きく息を吐いたとき、菅井たちが走り寄ってきた。

「華町、みごとだ！」

菅井が昂《たかぶ》った声で言った。

茂次たちも、驚いたような顔をして血塗《ちまみ》れになっている松沢に目をやっている。

「な、なんとか、始末がついたな」

源九郎が、声を震わせて言った。まだ、心ノ臓の高鳴りが静まっていなかったのだ。

「こやつ、店の脇にでも引き込んでおくか」

菅井は、松沢の死体をこのまま通りに放置しておけないと思ったようだ。

「そうだな」

源九郎たちは、松沢の死体を店の脇に運んだ。

そのとき、店の戸口から喉を裂くような女の悲鳴が聞こえた。おせんが、表戸の間から松沢の死体を目にしたようだ。

四

「百造、さァ、飲んでくれ」

源九郎が銚子を百造にむけた。

「ヘッヘヘ……。すまねえ」

百造は照れたような顔をして猪口を差し出した。

そこは、亀楽だった。土間に置かれた飯台を前にして七人の男が、酒を飲んでいた。源九郎、菅井、孫六、茂次、三太郎、平太の六人と百造である。源九郎が声をかけて、百造を誘ったのだ。

源九郎が、松沢を斬って十日ほど過ぎていた。源九郎は菅井や孫六たちと相談し、事件の始末がついたので、亀楽で一杯やろうということになった。そのさい、世話になった百造にも、声をかけたのである。

「百造、また舟を使うことがあるかもしれん。そのときは、頼むぞ」

源九郎が言った。

「旦那たちのためなら、いつでも用意しやすぜ」

そう言って、百造は猪口の酒を一気に飲み干した。酒は強いようだ。だいぶ飲んだが、顔が赤くなっただけで、あまりくずれない。もっとも、源九郎たちと飲むのは初めてなので、気を使っているせいかもしれない。

「華町、松沢との立ち合いでは気を揉《も》んだぞ」

そう言って、菅井が源九郎に銚子をむけた。

「あの男も、仁兵衛などと知り合わなければ、まともな暮らしができただろうにな」

源九郎は松沢を討った三日後、孫六とふたりで村上と会い、松沢を討ったことを伝えたのだ。

そのとき、村上が、捕らえた仁兵衛と手下たちの自白から、松沢のことで分かったことを源九郎に話した。

松沢は御家人の冷や飯食いに生まれたが、子供のころから近くにあった一刀流の剣術道場に通い、腕を磨いたという。

ところが、二十歳を過ぎたころから酒の味を覚え、縄暖簾を出した飲み屋や一膳めし屋などで飲むようになった。そのうち、料理屋や女郎屋などにも行くようになり、家から持ち出す金では足りなくなり、道場の門弟から金を借りたり、商家を強請《ゆす》ったりするようになった。

「そうした悪事が、道場主の耳に入って破門になったそうだ」

村上がさらに話した。

松沢は金が足りなくなり、辻斬りまでするようになった。ある晩、松沢は商家のあるじを襲って斬り、大金を手にした。その金で、松沢は向島の望月屋で飲み、たまたま座敷に挨拶にきた仁兵衛と知り合った。その後、松沢は望月屋に出入りするようになり、用心棒のような立場になったという。

「望月屋にいれば、酒と女に不自由しなかったからな」

源九郎が顔をしかめて言った。

「酒と女には、気をつけることだな」

菅井がその場にいる男に聞こえるように声を大きくして言うと、

「菅井の旦那、酒は大丈夫《でえじようぶ》でさァ。あっしらは、いくら飲んでも飲まれるようなことはねえからね」

孫六が口を挟んだ。顔が熟柿《じゆくし》のように赤くなっている。

「おまえが一番、あぶない。……もう、酒に飲まれかかっているではないか」

菅井が渋い顔をした。

「華町の旦那、あっしには腑《ふ》に落ちねえことがあるんですがね」

茂次が首をひねりながら言った。

「なんだ」

「仁兵衛は、どうして十歳ほどの娘ばかり攫ったんです。吉原のように禿《かむろ》から育てようってえんなら分かりやすが……」

「そのことなら、あっしが、栄造から聞きやしたよ」

そう言って、孫六が身を乗り出してきた。

「とっつァん、話してくれ」

茂次が、手にした猪口を置いてな、と言い添えた。孫六が手にしていた猪口から酒がこぼれていたのだ。

「仁兵衛は、若いころに女衒《ぜげん》をやってたらしいや。……それでな、深川で料理屋を始めたころ、女郎屋にはいない初《うぶ》な若い素人《しろうと》娘を好む男もいると知ったようだ。それで、若いころ知り合った女衒に、若い娘を都合してくれ、と頼んだ。……すると、その女衒が、十二の娘を連れてきたらしいんだな。その娘を、店にきた金持ちに抱かせると、その金持ちが首っ丈になってな。店に通い、大金を出しても若い娘を抱くようになったらしいや。それで、若い娘を攫うようになったわけよ」

たからである。

孫六が、得意になって話した。その場にいる男たちの目が、孫六に集まってい
「それで、仁兵衛は手先に指示して十歳ほどの娘ばかり、攫わせたわけか」

めずらしく、平太が口をはさんだ。

「それにしては、ここにきて、お初、おきく、およしとたてつづけに三人も攫っ
たのは、どういうわけだ。それに、おきくとおよしは、縛られていて男に抱かれ
た様子はなかったぞ」

茂次が訊いた。

「神隠しだよ」

孫六が顎《あご》を突き出すようにして言った。

「神隠しだと」

菅井が聞き返した。

「そうよ。神隠しで、味をしめたようだ」

孫六が栄造から聞いた話をしゃべりだした。

当初、仁兵衛はお竹《たけ》という、器量のいい八百屋の娘を手先たちに指示して攫わ
せた。ところが、すぐにお竹は神隠しに遭ったという噂がひろまり、岡っ引きた

ちは本腰を入れて探索しなくなった。岡っ引きのなかには神隠しを信じた者もいたらしいが、それより器量のいい娘ということで、男に騙《だま》されて駆け落ちでもしたのではないかとみる者が多かったという。

「お竹は攫われたとき、十二でな。そろそろ男が気になる年頃だったのよ」

孫六が言い添えた。

仁兵衛はこれに味をしめ、さらにお幸《こう》という娘を攫った。そして、手先たちに、お幸は神隠しに遭ったという噂を流させた。

「何が神隠しだ」

平太が怒ったような声で言った。

次に口をひらく者がなく、その場が重苦しい沈黙につつまれたとき、

「そのお竹とお幸、それにお初だが、およしたちの隣の座敷にいた三人ではないか」

菅井が訊いた。

「菅井の旦那の言うとおりで。およしとおきくより前に攫われたお竹たちは、離れで男の相手をさせられていたんでさァ」

孫六が顔をしかめて言った。

「かわいそうだが、どうにもならん。親といっしょにしばらく暮らせば、悪い夢をみたと思って忘れるだろうよ」

そう言って、菅井が手にした猪口の酒を飲み干した。

「ところで、捕らえられた仁兵衛たちはどうなりやす」

茂次が訊いた。

「まだ、吟味をしているところで、どうなるか分からないらしいが、村上どのは仁兵衛の死罪はまちがいないと言ってたな。手先たちは、それほど重い罪ではあるまい」

源九郎が言った。

人攫いにかかわっていた松沢、芝造、里崎、それに松沢といっしょに長屋を襲った遊び人ふうの三人は、すでに死んでいた。残っている手先は、村上が望月屋で捕らえた者だけである。

「これで、始末がついたわけか」

茂次が言うと、

「飲みやしょう！　今夜は、酔うまで飲むぞ」

孫六が猪口を手にして声を上げた。

……もう、酔っているではないか。

源九郎は胸の内でつぶやいたが、何も言わずに、脇にいる菅井に銚子をむけた。

それから、源九郎たちは半刻（一時間）ほど飲んで腰を上げた。夜は更けていたし、これ以上飲むと、孫六は長屋に帰れなくなるとみたのである。

外は星空だった。涼気を含んだ微風《そよかぜ》がすこし肌寒かったが、酒で火照《ほて》った肌にはちょうどよかった。

孫六、茂次、三太郎、平太、それに百造が一塊になって、夜道をふらつきながら歩いていた。孫六たちのなかから頓狂《とんきよう》な声や下卑《げび》た笑い声などが聞こえた。いつの間にか、百造も孫六たちのなかに溶け込んでいた。五人で何か卑猥《ひわい》な話でもしているらしい。

源九郎の脇を歩いていた菅井が、何か思いついたように急に身を寄せ、

「今晩、どうだ。夜通しでもいいぞ」

と源九郎の耳元でささやいた。

「お、おまえ、妙な気をおこしたんじゃァないだろうな」

源九郎が、菅井から身を引いて言った。孫六たちの下卑た笑い声を聞いたせい

か、源九郎の脳裏にみだらな光景がよぎったのだ。

「なんだ、妙な気って」

菅井が源九郎の顔を見ながら訊いた。

「い、いや、何でもない」

「やるのは、将棋だ。将棋」

菅井が声を大きくして言った。

「将棋か……」

そういえば、しばらく菅井と将棋を指していなかった。源九郎は夜通しは無理だが、一局だけなら指してもいいと思った。

双葉文庫

と-12-48

はぐれ長屋《ながや》の用心棒《ようじんぼう》
神隠《かみかく》し

2016年8月7日　第1刷発行

【著者】
鳥羽亮《とばりょう》

【発行者】
稲垣潔
【発行所】
株式会社双葉社
〒162-8540 東京都新宿区東五軒町3番28号
［電話］03-5261-4818(営業)　03-5261-4833(編集)
www.futabasha.co.jp
(双葉社の書籍・コミックが買えます)
【印刷所】
慶昌堂印刷株式会社
【製本所】
株式会社若林製本工場

【表紙・扉絵】南伸坊
【フォーマット・デザイン】日下潤一
【フォーマットデジタル印字】飯塚隆士

ISBN978-4-575-66789-9 C0193
Printed in Japan

佐々木裕一
あきんど百譚
ちからこぶ
時代小説〈書き下ろし〉
小間物屋の手代の恋や浪人の悩み、そば屋で働く少女の親子愛など、とある貧乏長屋を舞台に繰り広げられる、悲喜こもごもの四つの物語。

芝村涼也
御家人無頼 蹴飛ばし左門
落花両断《らっかりょうだん》
長編時代小説〈書き下ろし〉
三日日家の俸禄米を扱う札差の小桝屋が左門の組屋敷を訪れる。突然の来訪を訝る左門に妙な事実が告げられ……。瞠目のシリーズ第五弾！

鈴木英治
口入屋用心棒 35
木乃伊《ミイラ》の気
長編時代小説〈書き下ろし〉
湯瀬直之進が突如黒覆面の男に襲われた。さらに秀士館の敷地内から木乃伊が発見される。だがその直後、今度は白骨死体が見つかり……。

鳥羽亮
はぐれ長屋の用心棒
老剣客躍る
長編時代小説〈書き下ろし〉
同門の旧友に頼まれ、ならず者に襲われた訳ありの母子を、はぐれ長屋で匿うことにした源九郎。しかし、さらなる魔の手が伸びてくる。

鳥羽亮
はぐれ長屋の用心棒
悲恋の太刀
長編時代小説〈書き下ろし〉
刺客に襲われた武家の娘を助けた菅井紋太夫。長屋で匿って事情を聞くと、父の敵討ちのために江戸に出てきたという。大好評第三十六弾！

鳥羽亮
子連れ侍平十郎
おれも武士《おとこ》
長編時代小説
平十郎に三度の討っ手が迫る中、道場の門弟が次々と凶刃に倒れる事件が起きる。父と娘に安寧は訪れるのか!? 好評シリーズ第三弾。

鳥羽亮
剣狼秋山要助
秘剣風哭《ふうこく》
連作時代小説〈文庫オリジナル〉
上州、武州の剣客や博徒から鬼秋山、喧嘩秋山と恐れられた男の、孤剣に賭けた凄絶な人生を描く、これぞ「鳥羽時代小説」の原点。

鳥羽亮
十三人の戦鬼
長編時代小説
暴政に喘ぐ石館藩を救うため、凄腕の戦鬼たちが集結した。ここに〝烈士〟たちの闘いがはじまる！　傑作長編時代小説。

鳥羽亮
浮雲十四郎斬日記　鬼風《おにかぜ》
長編時代小説
大風の吹く日に現れるという武士の盗賊団。憂国の士を騙る凶賊たちに、十四郎の剣が立ちはだかる！　痛快時代小説シリーズ第五弾。

葉室　麟
螢草《ほたるぐさ》
時代
エンターテインメント
切腹した父の無念を晴らすという悲願を胸に、出自を隠し女中となった菜々。だが、奉公先の風早家に卑劣な罠が仕掛けられる。

幡大介
大富豪同心　走れ銀八
長編時代小説
〈書き下ろし〉
放蕩同心・八巻卯之吉の正体がバレぬよう尽くす、江戸一番のダメ幇間、銀八に嫁取り話が浮上。舞い上がる銀八に故郷下総の凶事が迫る！

藤井邦夫
日溜り勘兵衛　極意帖　盗賊の首
時代小説
〈書き下ろし〉
盗人稼業から足を洗った「仏の宗平」が火盗改の矢崎采女正に斬り殺された。矢崎は宗平の首を使い、かつての仲間を誘き出そうとするが。

藤原緋沙子
藍染袴《あいぞめばかま》お匙帖　雪婆《ゆきばんば》
時代小説
〈書き下ろし〉
茶漬け屋の女将おつるが売った〝霊水〟で下痢の患者が続出する。妖艶で強かなおつるに不信を抱く千鶴。やがて思わぬ事件が起こる。

誉田龍一
使《つかい》の者の事件帖（四）　魚《うお》の目に水見えず
長編時代小説
〈書き下ろし〉
道端で倒れている母子を助けた「使の者」猪三郎と仲間たち。尾張から江戸にやって来たというが、そこには深い理由があるようなのだ。